自然主義文学盛衰史

The Rise And Fall

日本自然主義文學興衰史

Of Naturalism

正宗白鳥

王憶雲——譯注

HAKUCHŌ MASAMUNE

二葉亭四迷送別會紀念合影

後排 | 左三：相馬御風／左五：正宗白鳥／右三：長谷川天溪

中排 | 左三：島村抱月／左四：岩野泡鳴／左六：近松秋江／
左七：小山內薰／右六：德田秋聲／右三：坪內逍遙／
右二：田山花袋

前排 | 左四：後藤宙外／左五：小杉天外／左六：二葉亭四迷

（攝於 1908 年）

龍土會大會合影

後排 | 左六：柳田國男
前排 | 左三：島崎藤村／右四：岩野泡鳴／右三：長谷川天溪
（攝於 1908 年）

目 次

導讀
日本自然主義與作家正宗白鳥

王憶雲

日本近代文學中的自然主義

1853年，美國海軍准將馬修・培里（Matthew Calbraith
Perry, 1794-1858）率領艦隊來到日本，接著一連串不平等條約
的訂定，讓鎖國政策不得不畫上了休止符，江戶幕府也隨之
陷入混亂。在內部政治的動盪後，幕府將統治權歸還明治天
皇，日本正式走入代表近代開端的明治時代（1868-1912）。
整體而言，明治時代的國家目標乃所謂的「文明開化」，這無
疑地是全面邁向西化的過程，從江戶更名為東京的轉變，不
僅是物質技術層面的改革，以鐵路、建築樣式為始，擴散至
落髮、西裝、食用牛肉等日常生活細節，當然也包含所謂的
近代文學。以「唯洋是從」來簡單概括，想必會引起異議，

但趨勢近乎如此，其力道之大讓人不得不如此魯莽。另一方面，「文明開化」不可能是一個徹底且完美的移花接木，畢竟要生根在日本的土壤上，許多不協調的音符，因此而生。

　　日本於明治時代追求西化的巨大力道，導致文學思想的引進並無法依循歐洲文學史的先後順序。以歷史的必然性觀之，我們總設想文學思潮的興起與文學以外的層面緊緊相繫，那麼，日本引進近代文學的方式，便有著背離因果關係的風險存在。19世紀中期，在西歐以埃米爾・左拉（Émile Zola, 1840-1902）為關鍵人物的自然主義，最先是明治二〇年代（1887-）透過森鷗外以文學與科學的關係介紹至日本，接著在三〇年代（1897-），小杉天外與永井荷風寫出模仿之作，再次宣揚遺傳與環境對故事人物的影響[1]，這些觀點對於西歐的自然主義屬於寫實主義脈絡一事有著清楚認知，同時掌握了該思想獨特之處。

　　然而，以「自然主義」之名席捲日本文壇，成為日本近代文學史上第一個（也是最重要的一個）文學運動，必須等到日俄戰爭結束後（1905）才真正點燃引信。也就是說，我

---

1 有些學者將這段時期對左拉文學思想的模仿，稱為前期自然主義，而日俄戰爭後興起的，真正日本獨特的自然主義運動則以後期自然主義稱之。

們可以把明治40年前後的時間，視為日本自然主義運動最為活絡的時期。

　　這個時期，民眾處於日俄戰爭勝利後的亢奮情緒中，亟需更多嶄新的、進步的事物來繼續滋養他們的生活。絕大多數的日本文學史書均如出一轍地寫道：此時，島崎藤村自費出版的長篇小說《破戒》（1906），與田山花袋的中篇小說〈棉被〉（1907）兩篇作品的問世，讓日本自然主義運動如火如荼地開展。但是，即便島崎藤村的《破戒》展現出探討社會議題的可能，卻因田山花袋〈棉被〉對個體與自我的凝視而失焦，使得日本自然主義走向陰暗的個體內心，許多作家投入莫大的心力來書寫自己，讓小說的世界變得褊狹，導致大正時期「私小說」的誕生。芥川龍之介〈芋粥〉（1916）開頭的部分有這麼一段關於主角身分的敘述，我們可以看到日本自然主義已成為一種修飾語。引用如下：

　　　其實不要稱某某，應該以真實姓名稱呼，可是相當遺
　　憾地，古籍中並未明確記載。或許因為他是個平凡男
　　子，沒有資格名留青史。想必古書作者對於平凡人及平
　　凡故事，並沒有太大興趣。從這點來看，他們和日本自
　　然派作家，大相逕庭。平安王朝的小說家，應該沒那麼

多閒人〔後略〕[2]

　　平凡是日本自然主義小說中的共通題材，也是被歸類於自然主義的作家的共通點。儘管平凡，他們卻讓坪內逍遙老早在明治二〇年代以《小說神髓》（1885-1886）宣言效法西洋文學、邁向寫實的口號，在日俄戰爭後有了具體且亮眼的扎實進展。而這個進展，我們不能忘記其中一個起點是日本自然主義其中一名理論驍將長谷川天溪，高呼著宗教、偉人等種種幻覺已死，就連西方的自然主義亦勢力衰頹，藝術家現下必須尋找未來的藝術[3]。前段提及，儘管日本近代文學史中根深柢固的意識形態述說著對自然主義誤入歧途的遺憾，但那終究是日本在第二次世界大戰敗北以後，對近代化走上歧路所做的全面反省。

　　日本自然主義的小說家，如同前述的引信之說，我們會先提到島崎藤村、田山花袋兩位。接下來是具有強烈色彩、特立獨行的岩野泡鳴，被譽為天生的自然主義作家德田秋聲，以及剛出道便以虛無主義氣息成為時代青年象徵的正宗

2《芥川龍之介短篇選粹・輯一（小說）》（彭春陽譯，木馬文化，2016，頁52-53）。

3 長谷川天溪，〈幻滅時代的藝術〉（《太陽》，1906年10月）。

白鳥，再加上被視為「私小說」另一個源頭的近松秋江（本姓德田）。此外，如果我們將眼光轉向新思潮的鼓吹與理論的鋪陳上，在當時最大的出版社博文館中擔任編輯的長谷川天溪，與身為坪內逍遙得意門生而返回早稻田大學英文科任教的島村抱月，兩人乃是最為關鍵的推手。再加上抱月的門生，如相馬御風、片上伸、本間久雄等人，適時在輿論中扮演著說明自然主義的角色。其實，讀者或許會意外地發現，除了最前面的兩位作家，這些是陌生的名字，而且，他們的作品亦鮮少出現於中文書市。終究，我們熟悉的是夏目漱石、谷崎潤一郎，或是芥川龍之介，對那些與他們同時期從事文學活動、建立起日本近代文學寫實基礎的日本自然主義作家知之甚少，甚是可惜。

　　當然，這並非什麼嚴重的問題。在所謂文學史中登場的作家與作品，與百年後讀者仍願意閱讀的作家與作品，可以重疊，亦可能有所背離。更何況，儘管現有的文學史給予了自然主義位置，卻也同時把它放進了一種錯誤、代表日本當地的特質，同時意味著狹隘不堪的意識形態之中[4]。在這裡，

4　參考大杉重男，〈私小說，還有／或是自然主義，這被詛咒的文學〉（《日本近代文學》第59集，1988年10月）。

譯者並非要責難，或是徹底地對抗這種史觀。如果我們再接近一點端詳，第二次世界大戰敗戰之後，日本這些建構戰後文學理論的評論家如平野謙、中村光夫等人留下的功績何其卓越，無須動搖，這些名家在檢討日本文學近代化的過程中，對於自然主義展現的是又愛又恨的複雜情緒。處於現代的我們應當面對的課題是，何以只記得那些恨，又怎麼能過於將一切簡化成花袋〈棉被〉讓「私小說」誕生的直線路徑。

作家正宗白鳥

西元1879年（明治12年），正宗白鳥誕生於岡山縣和氣郡穗浪村，本名忠夫，父親為正宗浦二。穗浪村現在屬於同縣備前市，是個面對瀨戶內海，東部則接近兵庫縣的小漁村。正宗家在當地是已傳承兩百年的富裕名門，代代注重文化教養，讓自小喜愛讀書的白鳥得以接觸古籍，讀畢家中藏書。

白鳥在鄰村的小學畢業後，進入閑谷黌繼續學業。閑谷黌是一間以漢學為教育核心的私塾，由第一代岡山藩主（諸侯）池田光政所創設。白鳥在這裡開始學習英語，課餘則讀

瀧澤馬琴的《南總里見八犬傳》、中國的《水滸傳》等古典小說，並接觸當時以介紹西方思想、知識為宗旨的啟蒙雜誌，如《國民之友》等。這類型的雜誌同時會刊載西方的文學作品，像是華茲華斯或愛默生，讓白鳥加深了學習英文的決心，因而在十五歲時離開閑谷黌，前往岡山市，進入由美籍傳教師創辦的薇陽學院，學習英語以及聖經的知識。兩年之後，白鳥如同明治時代每一個有志出人頭地的青年一般，離開故鄉、遠赴東京，他選擇了早稻田大學的前身——東京專門學校就讀。

　　日本近代文學中的東京專門學校，是孕育文學家的搖籃之一（另一個在數量上可以匹敵的是東京帝國大學）。首先，白鳥受教於坪內逍遙，如同前述，坪內逍遙是研究英國文學的學者，在白鳥入學約莫十年前以《小說神髓》一書主張文學的自律性，其寫實主義的主張，是近代文學的第一個里程碑。此外，坪內逍遙的高徒島村抱月，是日本近代劇的創始者，亦是自然主義理論的主要推手之一，同樣是白鳥的受業恩師。至於白鳥的同窗，最知名的乃是近松秋江，他與白鳥同樣來自岡山縣，同樣在後來的自然主義文學運動中以小說家、評論家的身分活躍。

　　1901年，白鳥在《讀賣新聞》上發表第一篇文藝評

論，對象是泉鏡花的作品。這是他在島村抱月的指導之下，
與近松秋江以及數名同窗，於《讀賣新聞》每週一的文學專
欄發表評論的開始。兩年之後，他正式進入該報社，負責文
藝、美術、戲劇的評論，從1903年6月1日開始，直到1910
年5月底為止。因此，我們可以說他的文學生涯，始於撰寫
評論。白鳥的首篇小說，則是在進入報社後隔年發表的〈寂
寞〉，刊載於雜誌《新小說》上，不過真正受到文壇注目，
則是在自然主義運動盛行的1907年之後。小說〈塵埃〉獲
得高度評價，緊接著他又以〈何處去〉獲得雜誌《早稻田文
學》的推崇，由編輯所撰寫的推崇之辭認定這是1908年整
年最重要的文學作品[5]。他的初期小說有著共通之處，儘管職
業不同，但主角均屬於年輕世代，活在乏味的現實之中，作
品瀰漫著不知該往何處去的無力感，他們無法為特定思想獻
身，無法為文學沉迷，無法耽溺於酒或女性，也無法以自身
的才智自滿。如此，正宗白鳥便以描寫青年世代虛無孤寂的
新人作家之姿，在文壇有了獨特的一席之地。

　　這位以寫評論、小說開始文筆生活，同時在日本自然主

---

5 這年同時獲選的是島崎藤村的《春》。前一年文學作品選的是田山花袋的
　〈棉被〉，後一年則選擇了永井荷風的《歡樂》。

義文學如日中天的時期提供了《讀賣新聞》文藝欄的編輯，在自然主義運動逐漸衰退後，被迫離開報社，但他依然持續寫作，十年如一日。中村光夫是這麼說的：「如此長期不知疲倦而持續寫作的作家，不管是日本，或是外國應該都找不到這樣的例子。」[6]正宗白鳥的文學人生，便從二十二歲走到八十三歲，這六十年的光陰未曾真正遠離文壇，也難怪他自己會說：「在漫長的文壇生活中，我一路看著各式各樣的個人榮枯興衰與流派消長，與其說在一般人世見識人生，我毋寧是在文壇觀看人生。」[7]誠如斯言。

　　一般認為，白鳥小說的顛峰之作，是1915年發表的〈海灣之畔〉，作者客觀地描寫正宗一族（儘管主角並不是白鳥本人），在細膩的故鄉寫景之中，對於生命的苦澀有深刻的描述。此後他小說的發表數量逐漸減少，卻沒有荒廢撰寫評論的工作，特別是1926年開始於《中央公論》連載所謂的「文藝時評」，固定地對持續問世的諸多文學作品發表意見；另一方面他開始撰寫劇本，如〈人生之幸福〉

6　中村光夫，〈不知衰退的精神活動：追悼正宗白鳥氏的功績〉（《讀賣新聞》，1962年10月28日）

7　本書第十章。

（1924）、〈光秀與紹巴〉（1926），這些作品實際被搬上東京帝國大飯店的舞台演出，獲得諸多好評。

　　不過，白鳥真正展現出卓越眼光與力道的，還是評論的世界。進入昭和（1926-）以後，如〈有關但丁〉（1927）、〈有關托爾斯泰〉（1936）等外國作家論述，或是〈島崎藤村論〉、〈永井荷風論〉、〈田山花袋論〉等以日本作家為對象的評論，集結為《文壇人物評論》（1932）出版，接下來又有《作家論》（1941-1942）兩冊的問世——儘管白鳥身處的帝國此時已經不斷地擴張，對外挑起衝突，對內以治安維持法鎮壓狹隘的言論自由，但他彷若與這些事情毫無干係，依然將眼光投注在文學上，甚至是過往的文學上，探究人生。

　　1938年，虛歲六十歲的白鳥發表〈文壇自敘傳〉，回顧自己在日本文壇生活至今的種種，而這份勞作，可以算是本書《日本自然主義文學興衰史》的前傳，過往文學生涯的回想，再加上「文學應為何物」的重新探問與檢視，這是白鳥後期不斷重複的工作。

《日本自然主義文學興衰史》一書

　　第二次世界大戰在天皇以玉音承認戰敗後告終，日本被

美軍占領，民主主義的思想再次取得正統地位，而對「過去的」近代文學深刻反省，也成為文壇的主流趨勢。

　　身為文壇耆老，白鳥選擇在1948年3月開始於雜誌《風雪》連載〈自然主義盛衰史〉，一共連載十回。同年11月由六興出版社將連載內容集結成冊出版。1951年由創元文庫出版的新版，在書名中加進了「文學」兩字，改為「自然主義文學盛衰史」。本譯注所使用的本文，選擇以福武書店版《正宗白鳥全集》收錄的為主，是再次修訂創元文庫版後的本文。附帶一提，講談社文藝文庫版的本書，則是目前日本一般讀者最方便購入、閱讀的文本。此次經由科技部計畫將這本書譯為中文，讓中文世界的讀者得以接觸到較為陌生的這個層面，譯者最後將書名定為《日本自然主義文學興衰史》，以強調這是一本關於日本獨特的自然主義的文學史。以下本書簡稱為《興衰史》。

　　有關《興衰史》的內容，我們可以引用當年連載雜誌《風雪》4月號〈編輯雜筆〉裡的具體說明：「這是以泡鳴、花袋、秋聲、藤村等作家編織而成的親身回顧，亦是橫跨明治、大正、昭和的日本文學生成歷史，重要的文獻。」在一般文學史教材之中，日本的自然主義是個在日俄戰爭結束後興起，到了明治末年便已衰退的思潮，前後算起來不過五、

六年光陰，但是這些被歸類為自然主義的作家，並未因為
思潮有了新的轉向便從文壇銷聲匿跡，他們各自有著自己的
作家人生，並且各自在大正、昭和時期交出了成熟的作品，
這些累積讓白鳥的《興衰史》一書敘述得以橫跨近六十年時
光：由坪內逍遙與二葉亭四迷的登場開始，一直到昭和時
期島崎藤村開始寫《東方之門》（1942-1943，未完），德田
秋聲書寫《縮圖》（1941開始連載，1946集結為單行本，未
完），這些自然主義作家一個又一個離開人世為止。

　　換句話說，白鳥身為最長壽的自然主義作家，回顧起自
己進入文壇以來的一切。他看到的不光是自然主義，在《興
衰史》中登場的當然有島崎藤村、田山花袋、岩野泡鳴、德
田秋聲等自然主義作家，同時亦論及夏目漱石、森鷗外，甚
至是菊池寬等身處同一個時代的作家活動。讓我引用學者佐
佐木徹關於本書的精要解說如下：

　　　　《自然主義文學興衰史》是回想，同時也是自敘傳；
　　　是自敘傳，同時也是文壇史；是文壇史，同時也是研究
　　　性的文學史，還多少有著讓作品成為可讀之物的些許苦
　　　心。因此，這本書得以是自然主義文學研究上（包含白
　　　鳥研究），不可缺少的參考文獻。而且，白鳥的書寫並

未固執於身為自然主義作家的次元，所以並未偏袒自然主義。[8]

談及日本戰後的文藝評論家，最廣為人知，現今依然擁有眾多讀者，首推小林秀雄吧！在日本文學史上，他被視為讓評論得以離開小說、詩作，成為一種獨立文類的關鍵人物。小林秀雄生涯最後的作品，是在雜誌《文學界》連載的〈關於正宗白鳥的作品〉，始於1981年1月，但小林秀雄卻在連載中去世，無法完成[9]。小林秀雄在這篇作品中提及，正宗白鳥晚年作品有著強烈吸引他的力量，讓他所獲甚多，其中戰後的代表作，毫無疑問的是《興衰史》，白鳥的文章「達到了驚人的純度」，並展現了他那「依循現實且天才般的眼光」[10]。儘管白鳥肩負著自然主義作家之名，卻依然保有著他那撰寫評論一貫的態度，凝視現實，這是本書受到諸多正面評價的重要原因。

8　佐佐木徹，《人與作品　正宗白鳥》（清水書院，1967）。

9　小林秀雄於1983年3月逝世，而作品則連載到第七章。

10　小林秀雄，〈關於正宗白鳥的作品〉，引用自《小林秀雄全作品》（新潮社，2005，頁192、201）。

　　而不管是在《興衰史》，或是白鳥的其他評論中，我們
會發現一個相當顯著，卻又困擾著讀者的特徵。那就是白鳥
面對他的論述對象，時常晃動自己的準星，讓人無法嘗到一
槍斃命的快感。高橋英夫便說：「經常才剛覺得他在讚揚對
方，卻馬上就變成冷漠的口吻，開始說這無聊、乏味，這點
也讓人無法掌握白鳥真正的意思」[11]，正是如此。

　　於是我們會在《興衰史》中，看到白鳥毫不避諱地說著
那些日本自然主義的「壞話」，卻又同時把看來正面的意義
攤在讀者眼前。

　　　　日本自然主義作家與作品是特別的群體，在世界文學
　　史中無法找到類似的例子，這一派的作品靠著稚拙的技
　　巧、雜亂的文筆描寫平凡人的困難與苦悶，而且，不試
　　著引起讀者興趣，是特色之一。[12]

　　白鳥對於自然主義小說的技巧與語言面露難色，於是在
世界文學中的獨一無二漸漸有如明褒暗貶，可是這些作家卻

11　高橋英夫，《死於異鄉》（福武書店，1986，頁272）。
12　本書第九章。

不試著引發讀者興趣，似乎對自然主義作家那無比的堅持與
毅力又預留著讚嘆的空間。譯者再舉一例，白鳥對於整個
《興衰史》的核心作家島崎藤村的評斷，亦是如此。

　　今日回顧起藤村自〈破戒〉開始的文學人生，我越想
越是覺得有趣。藤村並不擅長於寫小說，思想也不深
刻，人品也算不上傑出，他可以說是與〔國木田〕獨步
徹底相反的人物，好運、能忍、不屈不撓。但是，我如
果要回想自己一路目睹過來的文學，首先，眼神便會聚
焦在藤村身上。並非我特別喜好他的文學，也並非以為
他的文學特別傑出。不論如何，看來我的自然主義文學
回顧會以藤村為中心繼續打轉。[13]

　　這些正是白鳥近乎冷酷而公正無私的觀點。關於作家的
天分，所謂創作才能，白鳥不留情面，但在那些我們對創作
者的空泛尋常想像背後，他以持續不斷的關注為我們提供了
另一個可能，而這個可能引出的是豐富小說的可能，同時也
是個人透過文學呈現靈魂的可能。

---

13 本書第二章。

　　身為「艱難之化身」[14]的藤村，如今我們以文學史的方式描述這個作家，除了年輕時的浪漫詩人形象以外，他那掀起自然主義熱潮後全身投入書寫自己人生的文學生涯，高潮毫無疑問是《新生》記述著叔姪亂倫事實，我們可能只會帶著不解的訕笑，不懂艱難真正在哪，也不懂這個作家何須書寫自己混亂的生活。

　　在戰後彼時的反省氛圍之中，對於自然主義或私小說的怨恨，無疑地是一種共通的、可以渲染的意識形態，這同時也成了白鳥可以輕易借來換取同感的工具。同時有著愛與恨，客觀看似矛盾，而白鳥這個文學史家的主觀性正隱藏在讓人點頭的客觀背後。於是，在整個帝國主義之戰的夢想破滅，身旁最後的友人上司小劍的喪禮也結束了，白鳥開始真正訴說的是讓人眼睛為之一亮的，對自然主義的愛，一種逆向的回歸。

　　儘管白鳥是個時時刻刻把「無趣」掛在嘴上的作家，是個眾人認定的虛無主義者，但種種特質，都讓他寫的《興衰史》更加不可思議，更加立體，也讓讀者對這些自然主義的每一個細節更能動容。學者吉田龍也推敲《興衰史》以及白

14　本書第二章。

鳥其他戰後發表的作品，認為白鳥的創作動機有一部分來自於對戰後文學的批判[15]，這就像是借力使力的乾坤大挪移，若是《興衰史》的作者多次以「重讀」開始的敘述為真，在時代漫天蓋地要吞噬文學史言說的絕境之下，冷酷的白鳥再次拿著自然主義的文學作品，探問文學為何物，接著依然用他的步調以矛盾的語調，說起：「其實並非如此……」

　　白鳥在《興衰史》中持續對同時代作家的關注與探問，有一個關於二葉亭四迷的細節，他在首章與最後的第十章重複敘述。

　　數十年之前，我拜訪逍遙府上的時候，我問道：「整體來說，文學是只需要技巧的東西嗎？」逍遙回答：「是啊，二葉亭前陣子來的時候是這麼說。」二葉亭四迷不就像是拉斯柯爾尼科夫，是個「不斷思考」的人，一件接著一件，每件事都不放過，左思右想，最後卻無法抓住「人生該當如何」的核心，所以才止於技巧的

---

15 吉田竜也，〈戰後文壇與正宗白鳥《自然主義興衰史》：回歸的描寫時代〉（《愛知淑德大學國語國文》，2014年3月；引用自《正宗白鳥論》〔翰林書房，2018，頁211-233〕）。

嗎？¹⁶

二葉亭四迷的一生，在日本近代文學史中，是個極具象
徵的存在。他為了對列強以外交手段牟取自國利益，發憤學
習俄文，過程中同時也接觸到展現透徹寫實力道的俄國文
學，如托爾斯泰與屠格涅夫的作品。這些俄國文學作品，讓
二葉亭人生第一部小說《浮雲》，成為日本文學近代化的里
程碑（這個里程碑不只是對於角色心境的描寫，也包含近代
小說語言的演化），但他並無法為《浮雲》主角內海文三帶
來一個明確的去向，在作者自身成為體制內的公務員後，便
擱下筆來。

儘管二葉亭四迷在自然主義興盛時期於《東京朝日新
聞》再次連載小說，但他對文學的懷疑卻不減反增，對這位
東洋的拉斯柯爾尼科夫來說，單靠技巧而遠離實際感受的藝
術形式，終究無法成為人生的第一個選擇，因而留下了「文
學不足以是男子畢生志業」這句名言。在自然主義時期，文
藝雜誌還以這同時代的疑惑編輯特集，要文壇的眾人好好想
想，文學是否可以是明治時代那些必須出人頭地的男性值得

---

16 本書第一章。

付出一輩子的志業。

　　書寫對於作家個人的意義為何？對於他者又有什麼意義？而且實際感受的情感如何能夠以語言再現呢？白鳥對於二葉亭四迷的困惑有著深刻的理解，兩人同樣身為懷疑論者，但白鳥卻真正地把人生奉獻給文學世界，而他的收穫如下：

　　　透過那些文學，儘管終究是創作的故事，我也有著比起現實生活更能真切感受到真實世界脈動的經驗，這點無法否認。在日本的自然主義文學中，我特別能體驗到這種感觸。[17]

　　在這個沒有徹底解決之道的現實世界中，如果選擇相信理想定然存在，該如何去追尋？不管是日本自然主義，抑或是作家正宗白鳥，他們都從否定出發，以否定希望認識近代的一切，而且是與西洋有著時間差，卻由西洋定義的近代，島國上的個人作為載體只能更加掙扎，同時使得自然主義的命運與價值，矛盾地終究離不開宿命式的艱難。關於這點，小林秀雄論及《興衰史》的一段，有著妥適且簡潔的敘述：

---

17 本書第十章。

　　對於成為近代人的訴求，文壇何以如此忙亂？這個過
程作者是親身體驗。對於這個訴求，文壇人士並無法像
是學者輕鬆地接受新知一般，也無法像是政治家那樣投
注心力在行動上。於是，他們只能用自己裸露的感受性
來迎接近代的自我究竟是何物的課題。〔中略〕這種可
以稱作思想劇的東西，由自然派作家們演出，正宗氏凝
神關注，因為世人以為那不過是情緒的遊戲而忽略，事
實上真正的思想劇卻正悄悄地上演。[18]

小結

　　正宗白鳥身形短小，一生受胃病之苦，病體加上對死亡
的恐怖，在他的小說中處處留下痕跡，身處同時代的自然主
義作家岩野泡鳴便以「胃病所生的藝術」來概論正宗白鳥的
文學世界[19]。另一方面，白鳥的精神潔癖極為強烈，衰弱的
肉體讓他更加明白現實生活中行為的界限──自知之明，或

---

18 小林秀雄，〈關於正宗白鳥的作品〉，引用自《小林秀雄全作品》（新潮
　　社，2005，頁210）。
19 岩野泡鳴，〈胃病所生的藝術〉（《新潮》，1913年6月）。

許正是他成為自然主義最長壽作家的關鍵。在這樣的生命狀態下，即便對文學藝術有理想的嚮往，但現下的、現實的、無法拋棄的肉身實際體會的苦楚，有著無法忽略的重要意義存在。評論家河上徹太郎認為，這便是白鳥與其他自然主義作家同樣關注現實，卻在文學表現上大異其趣的特色[20]。

所以，儘管白鳥總以虛無的冷酷態度面對角色以及題材，但在他剛踏入文壇的早期，島崎藤村便在1909年2月的《中央公論》上，以「不愛人，卻為人所愛」來形容白鳥。

《興衰史》，正宗白鳥看的是資質凡庸作家百花齊放所帶來的思想劇。除了扮演整體回顧核心的島崎藤村以外，有關岩野泡鳴、近松秋江以及德田秋聲的敘述各據一方，以冷酷的主觀明確地描繪了作家的特質與作品。儘管白鳥的有些用詞泛著身為知交好友的偏見，但他所談論的這些作家在本書之中，卻也因此擁有著強烈的生命力。文學史畢竟是一種減法，無法真正呈現作家的人生，也無法展示作品的全貌，因此，《興衰史》瑕不掩瑜。

在正體中文的出版世界中，日本近現代文學作品的翻譯

---

20 河上徹太郎，〈正宗白鳥〉（《人間》，1947年4月），參照版本為《河上徹太郎著作集　第二卷》（新潮社，1981，頁39-45）。

成果相當驚人，夏目漱石、芥川龍之介、太宰治這些文學家的著作，屢屢可以看到新譯本的問世。譯者希望，在科技部經典譯注計畫的支持下，正宗白鳥《興衰史》一書問世之後，能讓無法閱讀原典的讀者對於日本近代文學形成過程有更多的認識——不管是時代背景，或是作品、作家之名。此後，或許有一天我們也能在書店看到岩野泡鳴、近松秋江以及德田秋聲等作家的小說譯本，對於日本文學的認識自然更加多元。當然，譯者的期待，也包含正宗白鳥的小說中文翻譯。

　　最後，本書的出版譯者先要感謝兩位恩師：米山禎一先生與大谷雅夫先生，一位引領我走進日本近代文學思潮繁複的世界，另一位則傳授給我研究與閱讀應該如何嚴謹。此外，感謝擔任此計畫助理的淡江大學幾位學生，幫忙整理資料以及一開始的校對。並且感謝聯經出版社願意接下本書的編輯、出版事務，也感謝科技部人文司外文學門承辦人的協助，並且感謝負責審查整個計畫、譯文之匿名前輩學者。譯者盡可能戰戰兢兢完成此書，但必定仍有疏忽、誤譯之處，還尚請讀者們不吝指教。

凡例

一、本書翻譯採用福武書店版《正宗白鳥全集第二十一卷》
（1985）收錄之〈自然主義盛衰史〉為文本，並參照雜
誌《風雪》之連載（1958）、六興出版社版《自然主義
盛衰史》（1958）、講談社文藝文庫版《自然主義文學
盛衰史》（2002）等版本。

二、本書提及諸多日本近代作家，為使讀者容易查詢，由譯
注者編立作家索引，依姓氏第一字之筆劃排序，並附簡
單生平介紹。

三、本文中（）內文字為原文即有。

　　例：但《讀賣新聞》每週兩面文藝附錄號的稿費，規定
　　一個月只有二十五元左右（現在回想起來，金額實在太
　　少，因而懷疑自己是否記錯，其實那是　週稿費，但我
　　再次回想，一個月的確只有這樣）

四、本文中歐美作家原文名、生卒年，以及與中譯差距較大
需要加注的日本文學作品，譯者以〔…〕加注於本文。

此外，白鳥提及日本作家，常以雅號或姓氏簡稱，譯者於各章視情況補足全名，以便讀者查詢作家索引。

例：我進入《讀賣新聞》報社時（明治36年〔1903〕），報紙正連載天外的《魔風戀風》，這是自尾崎紅葉《金色夜叉》以來，再次受到讀者歡迎的小說。

五、作者並未區分書名號與篇名號，故尊重原文一律以《》表示；注解部分則有所區分。

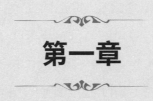

第一章

自然主義從一開始就包含了反叛嗎？自然主義的作家
與作品，是否與日本傳統文學不同，對社會，對國
家，發揮了某種程度的反叛性嗎？推敲這件事情，相
當耐人尋味。

　　據說德田秋聲的紀念碑，已經在他的故里金澤落成。
又耳聞島崎藤村的紀念館在他的出生之地──木曾[1]山中竣
工。這些文學家獲得尊重的時代已經來臨了嗎？對於這些過
往的自然主義作家，世人對其中佼佼者表示敬意的時代已經
來臨了嗎？人們都說，藤村與秋聲兩人已過古稀之齡[2]，漫長
的生涯中未曾懈怠於寫作，直到最後一刻仍然不見創作力衰
退。文壇眾人如此認定：在自然主義作家之中，這兩位是最
為成熟、完整的代表性作家。正因如此，兩人的死讓我不禁
覺得，自然主義文學暫且畫上了句點。自然主義的影響似乎
又深又廣，瀰漫在往後的文學裡，但表面上所扮演的角色，
終於走下了舞臺，看看這二次大戰結束前先後逝世的兩人，
這事便更加清晰可見。戰爭結束後，文學去向依然未明，或
許在這混沌之時，新文學已經萌芽了也說不定。隨著時代激
烈變動，往後的文學將走什麼樣的路子，未來的事誰也不知
道。但是，過去的自然主義文學絕對不可能復活，再次盛極
一時。

　　而我，身為自然主義作家的一員，仍在文壇生存，但這

---

1 長野縣西南部。
2 秋聲比藤村早一年出生，兩人同樣於1943年去世。

個流派的其他重要作家，大部分已經撒手人寰，我的好友一個也不剩，不免有著只有我一個人被拋棄在這人世的寂寥。前陣子我列席上司小劍的喪禮，這種感受更是強烈。藤村、秋聲、近松秋江三人是在戰爭結束前，東京尚未遭受空襲時離世的，等到了戰爭結束後，在這個耳目一新的時代相見、敘古道今，能夠說著「我們彼此好不容易都還活著」此種共同感慨的對象，卻只剩小劍一人。現在就連他也突然離開人世，這麼一來，文壇裡我再也找不到一個能夠推心置腹的說話對象了。

聽到秋聲紀念碑、藤村紀念館時，我想起的是田山花袋、德田秋聲五十壽誕紀念祝賀會[3]的光景。歲月如梭，算起來，已經是三十個年頭之前的事情了。那是第一次世界大戰結束之後，日本景氣良好的時代，我在故鄉待了半年，打算回到東京，卻找不到落腳處，夏秋兩季，只好在伊香保、輕井澤等地生活了一陣子。隨著秋意漸深，高原寒氣轉烈，我便離開山林，回到本鄉的菊富士旅館[4]，暫且安頓，每天尋

---

3 於1915年11月23日舉辦。

4 位於今日的東京都文京區本鄉菊坂，這間旅館自大正時代以來，便有許多
　文學家投宿於此，除了白鳥以外，像是谷崎潤一郎、竹久夢二等人，後來
　在第二次世界大戰的東京大空襲時遇祝融之災。

找落腳的住處。當時，文壇正在籌畫花袋、秋聲五十壽誕紀念祝賀大會。直至現在，我還是認為，這主意應是菊池寬最先想到的。那陣子景氣不錯，就連文壇也算物質充裕，那些不知道文壇過去辛勞的新人作家們，自然地心情開朗，生活中充滿精力。於是，決定舉辦前輩的祝壽活動，來自於對社會的一種示威意圖吧。也可以說是種不滿的爆發，畢竟俗世不願認同文學的尊嚴。關於這兩人的祝壽會，又或是隔年的藤村五十大壽慶祝會，永井荷風是這麼挑毛病的：「當事人心裡不甘願，可是年輕人卻硬是要辦，這行為跟他們平常鼓吹的人類自由還真是不搭。」這其實是荷風流的彆扭觀點，姑且不談藤村，秋聲、花袋兩人或許選擇謙讓，覺得不好意思而有辭謝之意，但他們的內心想必是充滿喜悅，絕無反感。

　　當然，我也被列進發起人名單之上，實際上我卻沒出到什麼力。不過，我還是被其他的發起人指名，得在慶祝會上致詞[5]。演講這事，我實是不怎麼拿手，心底也不甚喜歡。然而眾人卻是心意已決，說是由我來代表文壇為前輩兩人致上

---

5 當日負責演說的文學家除了白鳥以外，還有島崎藤村、長谷川天溪、吉江孤雁等人。

賀詞，極其天經地義，我只能勉為其難地應允。此外，在眾人激烈論戰自然主義的毀譽褒貶期間，經由自然淘汰，時光的篩選之下，所剩的乃是純真之物，時局變成就連新時代的新人作家也願意祝賀自然主義的代表作家，那麼我也就帶著多多少少的感激之意，決定在會上說些話。

我在東京待了好長一段時間，還是找不到適合的住處，於是我們夫妻兩人靠著中央公論社長的推薦，前往社長別墅所在的大磯[6]。他帶我們找到了一間舊的空屋，先安頓下來，那是大正9年〔1920〕10月下旬的事。搬家後，我常常當天往返東京，除了參加慶祝大會以外，我還記得那時也為了出席《朝日新聞》大樓落成典禮而去了一趟東京。朝日的典禮在帝國大飯店舉行，當時八面威風的首相原敬[7]代表所有來賓，於席上進行演講，談著過去擔任《大阪每日新聞》社長時，與《朝日新聞》對抗的回憶。首相一邊帶著微笑，一邊訕訕道來，說是當年因為怎樣都比不過《朝日新聞》，只好豁出去，用上某個非常手段博取人眾支持，但最後還是失敗

---

6 神奈川縣湘南地區的一個小鎮。

7 原敬（1856-1921），媒體人，後成為政治家，是日本第十九任內閣總理大臣，被稱為「平民宰相」。

了。《朝日新聞》的記者偷偷告訴我們，首相提到的非常手段，指的是投票活動，為了頒獎給深受民眾歡迎的藝人而舉辦的。說起原敬，在我的眼中，他是個身強力壯、精力充沛的大政治家，到場所有賓客都對他充滿敬意。而兩位作家的祝壽會，與落成典禮的時間一前一後，我便把他們兩人拿來與原首相做個比較。

　　演講的會場是有樂座[8]。我的講題是「於有樂座」，內容是漫無脈絡的閒談，幾乎沒提到重點的秋聲、花袋兩人，而是散亂的吐露了自己的文學經驗。我的眼光一邊瞥著高處座位上的德富蘇峰先生，邊毫不客氣地講起年少時醉心於以蘇峰為中心的民友社文學[9]，幾年後又遠離的過程。後來我聽別人談起，先生對著旁人說道：「這人頗會演講的啊。」

　　有樂座的演講結束後，接著在築地的精養軒[10]舉行宴會。我記得，和顏悅色且圓潤的花袋與看來不苟言笑而消瘦的秋聲坐在正面主位，左右兩邊則是大町桂月、有島武郎、

8　1908年在東京有樂町竣工的西洋式劇院，於1923年的關東大地震遇祝融之
　　災，是當時新劇上演的重要據點。
9　德富蘇峰於1887年創立的出版社，發行雜誌《國民之友》，鼓吹自由民
　　權，森鷗外的小說〈舞姬〉便是在該雜誌上發表的作品。
10　1872年創立於上野的法國料理餐廳，是明治大正時代西化的重要象徵地點。

柳原義光[11]、小川平吉[12]等人。[13]政治家小川平吉並非因為愛好文學才列席，據說是透過他人的介紹，把位於富士見高原的山莊租給花袋，才會在這個場合出現。花袋的作品中這個山莊經常出現，像是《在山莊一個人》等作品，充分展現了花袋的偏好。依照主持人的唱名，蒞臨的賓客均在桌旁簡單地致上賀詞。當時上了年紀的文學家大多看不起這種聚會，不願出席，只有大町桂月一人不拘小節，是位純真飄逸的文人，他不但出席，也說了幾句賀詞。柳原伯爵感嘆道：「這如果是赫赫有名的政治家或企業家的祝壽會的話，會有一大群人不請自來。」接著他又說，不重視文學藝術的社會跟沙漠沒什麼兩樣，不堪人居。有島則說：「文學家從誕生的那一刻起就踏上了文學家之路，花袋、秋聲兩人誕生後度過了整整五十年，這跟一般社會上五十歲的常人可大有不同。」一席賀詞讓人印象深刻。

我提早離開會場，雨中一個人前往新橋車站，途中瞥見與謝野夫妻[14]走了過去，心裡疑惑，連他們也來參加了嗎。

---

11 柳原義光（1876-1946），日本貴族、議員，是大正天皇的表兄。

12 小川平吉（1870-1942），政治家，眾議院議員，歷任鐵道、司法大臣等職。

13 當日約兩百人出席這場慶賀餐會。

14 指與謝野鐵幹與晶子夫妻兩人，生平詳見本書作家索引。

在新橋站的候車室，意外地發現妻子正在那裡等著我，她並沒有知會我，便在我出門後離開大磯，在有樂座聽了演講，之後購物消磨時間。當時的我們，故鄉待不住，大磯的暫住之處又略嫌寂寥，身心都無法安定下來。

對花袋、秋聲兩人來說，平安地來到人生的第五十個年頭，儘管有人為了他們籌辦祝壽會，但對於自己的文學，也同樣地無法心覺安穩吧。時代潮流，展現的是即將淹沒兩人的氣勢，那些祝壽的青年文學家，散發出的是取代他們的意志。

回想起這堪稱第一次世界大戰後日本文壇的重要事件「五十壽誕紀念祝賀會」，同時，我也該回顧日俄戰爭之後，文壇劃時代的大事件──自然主義興起的光景。當時的我是《讀賣新聞》記者，負責文學、美術的版面。這份報紙每天都設有文藝專欄，還有所謂的「週一附錄」，整整兩面都是文學藝術的評論，或是其他形形色色的文章，而我不知道從什麼時候開始，在自己負責的頁面上刊載鼓吹自然主義的文章。因此，田山花袋擔任主筆的《文章世界》，島村抱月負責的《早稻田文學》，加上我負責的《讀賣新聞》文藝專欄三者互相呼應，被社會視為自然主義宣傳的根據地。在敘述這件事情之前，我決定先回顧自己逐漸接觸自然主義，

接受啟蒙的過程。

硯友社文學[15]衰退之後，中村春雨、田口掬汀、菊池幽芳這些作家被稱為「家庭小說」的作品在文壇蔓延，這個時候，小杉天外的作品獨樹一格，受到了部分批評家的注意。他學習左拉〔Émile Zola,1840-1902〕一派，標榜寫實主義。小說《楊弓場的半小時》，是他拿著手記到淺草的楊弓場[16]所記下的光景；此外，直接出版的《新裝》〔初姿〕、《女夫星》等書，在停滯的文壇中備受矚目。抱月曾經帶我拜訪位於雞聲之窪[17]的天外住處，後來自己再訪過數次，他搬到小田原後，我也曾在箱根的旅途回程中登門拜訪。我曾經看到他的桌上，擺著左拉《金錢》的英譯本，應該是他在構想後來於《讀賣新聞》連載的《富豪之星》〔長者星〕的那一陣子。他說：「人啊，就是這個，」伸出緊握的拳頭，說起此種力量，我想，這是他在撰寫長篇小說《拳頭》的時候。他又說：「缺乏食物的時候，就算親如父子兄弟也會爭奪不休，這是人類本性。」他的口氣非常認真，我也深有同

---

15 1885年以尾崎紅葉為中心組成的文學社團，並發行雜誌《我樂多文庫》，揉合近代寫實主義與江戶時期的大眾文學。

16 楊弓是遊戲用的小弓，而楊弓場則是收費提供以楊弓射箭遊戲的地方。

17 現在東京東洋大學西側的舊稱。

感。作者天外在撰寫《富豪之星》的時候，據說為了瞭解當時日本富豪的實際狀況，大隈重信[18]接受他的要求，將安田與森村兩位介紹給他。這兩人均是成功的企業家，但大隈心下清楚兩人致富的態度有所不同。我推測天外並非見到了兩家的當主，而是跟他們的某個屬下會面。無論如何，光靠這種形式上的會面，不可能理解真實狀況，可我卻做不到這樣的事情。《拳頭》、《富豪之星》等作品，是自然主義興起以後的報紙連載小說，卻與代表正統的自然主義不同，被歸類在通俗小說的範疇。不過，天外並不滿足於硯友社風格的遊戲性文學，努力地想要捕捉人生的真相。他對人生的看法乃是：「自然即自然，非善亦非惡，非美亦非醜，不過只是某時代、某國的某人，捕捉自然一角，隨意賦予善惡美醜之名。」儘管識見氣宇恢弘，但作品卻無法配合如此的人生觀，作品中的自然亦無法展現自然的原貌。

　　我進入《讀賣新聞》報社時（明治36年〔1903〕），報紙正連載天外的《魔風戀風》，這是自尾崎紅葉《金色夜

---

18 大隈重信（1838-1922），於明治、大正時代歷任日本內閣官職，是第八以及第十七任內閣總理大臣，同時也是教育家，創辦早稻田大學。

叉》以來，再次受到讀者歡迎的小說。那年秋天，團十郎[19]
過世，紅葉也死去。而菊五郎[20]是當年春天逝世，高山樗牛
死去則是前一年的事情，不管是劇壇或是文壇，均是送舊迎
新之時。島村抱月赴歐留學，同樣是文壇那陣子的一大事
件，對我來說，亦是感慨萬千的事。抱月是人盡皆知的早稻
田大學秀才，坪內逍遙對他信賴萬分，把他當成左右手看
待，而他遠赴歐洲這事，不管是在早稻田內部，又或是在整
個文壇，都是萬眾矚目。說起抱月留學的費用，我現在同時
想起的是，日俄戰爭前的那陣子，日本的經濟力量甚是薄
弱。當時率先使用「大學」名稱的早稻田大學，獲得京都富
豪藤原某人破格的兩萬圓捐款，依照捐款人的旨意，使用這
筆錢的利息當學費，才能讓秀才抱月赴歐留學。因此，抱月
奉學校之命，到京都的捐款人那裡道謝，同時應友人之邀，
順道到大阪的文樂座[21]參觀。他在早稻田少數幾位同窗所籌
辦的送別會上，敘述起此行感想，說他看的是《夕霧伊左衛

---

19 此處指第九代市川團十郎（1838-1903），活躍於明治中期的歌舞伎演員，
　　推動歌舞伎的近代化功績彪炳，人稱「劇聖」。
20 指第五代尾上菊武郎（1844-1903），與市川團十郎、市川左團次同為歌舞
　　伎演員，一同建立此時歌舞伎的黃金時代。
21 日本傳統戲劇人形淨琉璃的劇場，現已改為國立文樂劇場。

門》[22]，讚美著操縱夕霧的紋十郎[23]，同時也談起以前扮演伊左衛門而獲得盛名的京都演員坂田藤十郎[24]。整個人不知到底是藤十郎，還是伊左衛門，演員徹底融入角色，是種藝術的極致。抱月在留學前夕，依然醉心日本傳統的純粹藝術，像是他的《西鶴論》、《近松的藝術以及人生》等文章，考究日本文學，欣賞日本文學優秀的藝術之美，透過人偶戲中《吉田屋》這個段子，抱月對那與近松門左衛門[25]意氣投合，因而創造出古今絕無的舞臺藝術的藤十郎，滿心嚮往。換句話說，他並不是忽略日本藝術，單單崇拜外國的文學藝術而踏上留學之途的。

　　由於這是在日俄戰爭之前，一般人會覺得文學家遠赴西洋並不是件易事，便在紅葉館舉辦文壇全體的送別會。儘管當時文壇眾人各成黨派，例如赤門、稻門、牛門等等[26]，彼此

---

22 在這裡指的是日本傳統人偶戲劇，也就是淨琉璃的戲目，敘述大阪名妓夕霧與情人藤屋伊左衛門的故事。

23 初代桐竹紋十郎（1845-1910），人形淨琉璃的操偶師，以操控女偶聞名。

24 坂田藤十郎（1647-1709），歌舞伎演員，靠著伊左衛門這個角色受到歡迎，表演方式走寫實風格。

25 近松門左衛門（1653-1724），江戶時期的淨琉璃、歌舞伎作家。

26 赤門指東京帝國大學，稻門指早稻田大學一派，牛門則指尾崎紅葉與他的弟子們。

互相競爭，但這一場送別會卻以硯友社的紅葉為首，不管是上田敏、登張竹風等帝大派，或是天外、國木田獨步等人也參加，是文壇非常罕見的和睦聚會。後來，在抱月留學歐洲的數年之間，樗牛、齋藤綠雨、紅葉接連逝世，戰爭爆發，文壇一片混沌，對這般無可依憑的狀況，許許多多人心裡期待：「抱月回國之後，應該會有一番了不起的作為吧？他會從西洋帶回嶄新的、稀有的知識吧？」據說逍遙就算有所籌畫，卻依然是一副「等島村回來再說」的樣子，屈指數著抱月回國的日子。抱月在《新小說》發表的《滯歐文壇》，介紹了歐洲的文學新聞、戲劇消息，特別是詳細敘述當地名演員亨利・歐文〔Sir Henry Irving, 1838-1905〕、比爾博姆・特里〔Herbert Beerbohm Tree, 1852-1917〕等人演出的舞臺光景，史無前例，引人入勝。第一次世界大戰中，日英結為同盟之誼，抱月提及英人對日本抱持好感，讓他不禁熱淚盈眶，說是有首倫敦的流行歌曲，歌詞如下：「大熊硬拖著小小的日本跑，怎能讓牠稱心如意！約翰牛來助一臂之力。」不過，找從花袋那邊聽到藤村語帶批判，說：「島村君想法死板，這樣的人去英國，大概會變得更為死板吧。」這是藤村獨特的裝腔作勢嘲諷，不過，或許也是適切之評。

　　總之，抱月在日俄戰爭結束後回到日本，明治38年

〔1905〕9月，時機大好。我以個人身分，同時也以《讀賣新聞》記者身分，前往橫濱的碼頭迎接，而他因長時間的海上生活顯得相當疲憊，對著眾多迎接他的人，似乎提不起性子開口。既然問不出可以寫在報紙上的返國感想，我便毫無根據，只憑在火車上入耳的各種閒談，寫了一篇〈抱月氏的攝影技術〉，敘述他在國外學習攝影，技巧甚為純熟。當我說：「您不在日本的時候，我什麼也沒做。」他便反問我：「為什麼？」我只能在心裡回答：「因為不知道該做些什麼好。」我想，這位剛歸國的聰明人必然知道「我們該做什麼」，便緊盯著他回國後的作品以及發言。

　　文藝協會的設立[27]、《早稻田文學》雜誌復刊等等，以抱月的返國為契機，早稻田動了起來。新的《早稻田文學》創刊號的首篇文章，便是他返日後堂堂第一篇評論《被局限的文藝》〔囚はれたる文芸〕，論述西洋文學概要，文體則是舊式美文風格。我們一開始抱著敬意細讀，但裡頭卻沒有觸及「我們該做什麼」。之後他所發表的評論，不管是《路易王夢想的痕跡》或是《記參拜莎翁之墓》，均以舊式的美文

---

27 1906年成立，以坪內逍遙、島村抱月為首的戲劇、文化團體，推廣新式戲劇以及各種文化活動，早期大多演出莎士比亞的作品。

體寫成，毫無新意。就連創作《戀山》，只有構想算得上近代小說，卻缺乏撼動讀者的真實力量。讓人不禁想起藤村的批判，死板的人去了英國，被英國氣氛影響，變得更加死板。在抱月仰慕莎翁〔William Shakespeare, 1564-1616〕、傾心於凡爾賽宮殿建築之美的這段期間，日本文壇接觸西洋近代思想，準備往新文學之路邁進，兩者相較，不免讓人覺得不可思議。他與其遠赴西洋學習，還不如待在日本。抱月在《被局限的文藝》中介紹歐洲藝術的古今趨勢，接著說道：「時為國運興起，國民自覺誕生之秋。東西洋的感情在根柢中有著無法混為一談的差異，文藝乃情感的發揮，東西當然也存在著不同的色調。若說文藝終究該世界一統，亦有其理，但就當前而言，首要之務乃發展自家風格。」文藝的大一統，又或是東洋該有東洋文藝，論調空泛，對當時仍是青年的我們來說，無法觸及內心。

　　抱月原本就是個溫和的人，對學生的態度也相當和氣，不過，他卻有著強烈的鬥志，嘴巴上常常掛著吾黨勝利之類的話。後藤宙外是他的同窗，一起進入文壇，卻與硯友社走得很近，出入於紅葉家中，兩人的處世態度大相逕庭。抱月與宙外都是我們的前輩，算是早稻田畢業生中最早的文人，兩人的作品中，最讓我記憶深刻的是抱月的《文士無妻

論》[28]以及宙外的《田園生活論》[29]。抱月很早就體驗妻子所帶
來的生活煩惱；宙外則是主張，比起都會，鄉間生活花費較
少。兩者均是作者親身經歷，因而能讓讀者有所共感。在當
時，所謂的文學家多數一貧如洗，抱月在返日後，在藥王寺
前蓋了新居，我原以為是他自西洋歸國，名氣如日中天，所
以賺了不少錢。但聽說其實是某個銀行友人的幫忙，建築費
從銀行那裡借來的。貧苦這事，似乎也化為讓人對自然主義
產生共鳴的動機。他剛返國時還充滿幹勁，但不知道是家裡
的事情，又或不喜歡在學校講課，總是滿臉疲倦，說話時屢
屢打起呵欠。所以，生活貧苦，加上對人生呵欠連連，讓人
有了對自然主義產生共鳴的動機。

　　於是，抱月與門生片上伸、相馬御風等人一同拎著《早
稻田文學》，加入花袋、長谷川天溪、藤村等人的自然主義
運動，努力地為自然主義建立理論體系。當時擔任博文館
發行雜誌《太陽》[30]編輯的長谷川天溪，本來就是早稻田畢

28　島村抱月1899年於雜誌《大帝國》發表的隨筆。

29　後藤宙外於1891年從東京遷居至福島縣豬苗代湖畔，過著田園生活，每
　　個月只有一星期來到東京處理當時《新小說》編輯的工作，如此長達六
　　年。關於他的田園生活思想，有〈田園之力〉（1907）、〈田園生活的得
　　失〉（1910）等隨筆。

30　這本雜誌是當時規模最大的綜合雜誌。

業的評論家。不過，對抱月來說，他卻無法與花袋和藤村等人融為一體。就我的推測，花袋與藤村並沒有看到抱月真正的價值。《破戒》問世時，《早稻田文學》全力給予盛讚；對於《棉被》，亦是好意相迎。就連藤村的異色之作，短篇《壁》，抱月也是獻上讚辭，但是藤村並不覺得高興。抱月耳聞此事，據說他回答道：「既然是讚賞，有什麼不好的？」某個人轉述給藤村聽了，藤村卻說：「這人以為讚美別人的東西就算好事，所以不成。」

　　以坪內消遙為核心的早稻田一派，並無法滿足那陣子年輕氣盛的文學青年。我當學生的時候，曾經有某個同學帶著我拜訪田山花袋位於牛込喜久町[31]的新居，那時，剛好國木田獨步也在，兩位都還是個懷才不遇的文學青年，當然熱絡地談起文學話題，他們同樣反對早稻田的學風，也反對消遙的文學理念。特別是獨步，一開口便是慷慨淋漓，意氣風發，我們第一次見他，便為他的氣勢折服。他說，早稻田的紀實主義安於凡庸無力，所以成不了氣候。我們開口說：「要理解詩人或是小說家，不應只靠作品，還必須了解他們的實際生活，坪內老師有講過，務必閱讀他們的傳記。」獨

---

31 位於東京都新宿區。

步、花袋兩人則是口徑一致，說：「沒有這個必要。」我們
又把在早稻田課堂上聽來的知識說了出來：「若社會不趨於
穩定，時代和平，就不會有傑出的詩歌戲曲出現。」獨步反
駁道：「沒這回事，即便是英國，比起國家繁榮時期的丁尼
生〔Alfred Tennyson, 1809-92〕，局勢混沌的19世紀初期的
華茲華斯〔William Wordsworth, 1770-1850〕、雪萊〔Percy
Bysshe Shelley, 1792-1822〕、濟慈〔John Keats, 1795-1821〕
的詩更為優秀。」他也曾是早稻田的學生[32]，但他說起自己
厭惡常識性的學風，潛心於生與死的問題，而我，對於初次
見面的獨步，只覺得他是個氣勢壓人的詭辯家。

　　緊接著花袋、獨步兩人的早稻田觀點，我想起的是藤村
曾經說過的話。那是數年之後，我遷居於大磯以前，還在東
京找房子的那陣子，半路為了讓雙腳歇歇，順道拜訪了位於
飯倉片町[33]的藤村住處。當時，不知道是藤村恰巧有空，又
或是他需要一點人味，他邀請我到附近的大和田鰻魚店，兩
人享用午飯，又閒聊幾個小時。兩人這般促膝長談，只有這
麼一次。我談起正在找房子的事情，他說道「那要不要蓋棟

32　獨步於1888年進入早稻田大學就讀，1891年退學。
33　現在東京都港區麻布地區。

新的？」接著推薦我說：「現在飯倉有塊價格不錯的空地，某個工匠友人問我要不要在那塊地上蓋棟房子，可我現在並不想要自己的，你要不要考慮看看？」不過，當時的我既不打算蓋棟新房，也沒有那樣的資金。閒話休提，這裡我想要談的是，這個藤村對他人的一句批評。

　藤村帶著一貫的平靜口氣，他是這麼說的：「往好的方面想，我覺得坪內先生是個通俗作家，而且是就積極意義來說。」我只是傾聽，並沒有開口表示贊同與否。岩野泡鳴曾獨斷說過，逍遙、森鷗外、夏目漱石都是二流作家。泡鳴粗魯地放言遣辭並不罕見，有其天真之處，得以一笑置之，可是，藤村的批評，對我們來說，卻非同小可。而且，不管是花袋或獨步，他們看重鷗外，而略些輕視逍遙。芥川龍之介的遺稿中有這麼一句感想：「應憐老櫻痴[34]，更憐老逍遙」，一直留在我的心裡。這些文壇知識分子的看法，真的是正確無誤的嗎？其實我並不這麼想。換句話說，對於知識分子共通的「尾崎紅葉不及幸田露伴，坪內逍遙不及森鷗外」此種定說，我無法贊同。

---

34 福地櫻痴（1841-1906），本名源一郎，櫻痴是他的號，於明治20年前後致力於日本戲劇改良運動，同時撰寫小說，在文化方面留下不少功績。

　　鷗外、逍遙兩人有關「沒理想說」[35]的論爭，是明治文
學史上該特別記上一筆，文壇最早的論爭，今日回顧起來，
仍有可觀之處。明治24年〔1891〕10月，《早稻田文學》
創刊號刊載逍遙關於《馬克白》的評釋，論及自己的莎翁
觀點，他寫道：「莎士比亞是個包容萬般理想的豐碩偉大詩
人，有如自然造化一般，因觀看者而有不同外形、內容。換
言之，莎士比亞之所以偉大，正是所謂『不見理想之處』，
也就是『沒卻理想』。」逍遙還說：「祇園精舍鐘聲，浮屠
聞之，言此乃寂滅為樂之音，然之於夜候戀人者，又如何？
沙羅雙樹花色，厭世家以為此乃諸行無常之形，然之於未曉
憂愁少女，又如何？蓋人未知造化本意，唯己有愁意而知
自身哀愁，己有樂意而見春日花鳥之樂而已。造化本體應
為無心，莎士比亞傑作，頗似此般造化。」相反地，鷗外
卻認為：「這個世界並非只是單一的『實』，同時也充滿了
『想』。若能仔細關注理性與無意識的世界，就能發現先天
理想的存在。舉例來說，這就好像色彩的變化各種相異，但
是不同的色彩能夠融合成一身紋理，便是先天理想使然。假
使耳聞鐘聲，有人感受世事無常，有人內心愉悅，但感受聲

---

35 逍遙的「沒」理想並非「沒有」之意，而是作為動詞，去除的意思。

音之美，卻是相同的。又假使賞花，有人深感悲傷，有人欣喜，但感受花色之美，卻是同一件事。」他更進一步解釋：「將這聲色視為真正的美，並非有耳能聞才心有所感，並非有目能視才心有所感，而是先天理想在這一刻從暗中躍出，呼喊此聲為美，此色為美，這不就是情感深處的理想嗎？」鷗外這種先天理想從無意識之中躍出的言論，當時幼稚的讀者與文學家只覺莫名其妙，但年輕的鷗外受到當時在德國學界盛極一時的哈特曼〔Karl Robert Eduard von Hartmann, 1842-1906〕無意識哲學影響，便借用其哲理，擺起架子高談闊論，自己心下應該覺得十分有趣吧。可是逍遙畢竟是透過英國18世紀的文學來了解西方文壇，自然難以匹敵。

　　不過，在小理想此起彼落的明治二〇年代，闡述沒理想的偉大之處，此舉相當耐人尋味。儘管逍遙是個一般而通俗的人，但我覺得，他的直覺意外地優秀。不管是《小說神髓》，又或是「沒理想論」的主張，即便深化不足，但卻有貼近事物真相的地方。講究紀實，關注事物最原始的樣貌，此種態度與後來的自然主義亦有相通之處。像是鷗外接觸了19世紀末期的思想與文學一般，如果逍遙也很早就接觸歐洲近代文學的話，說不定也會浸淫於自然主義系統的作品。喜好講理的鷗外後來受到自然派作家的影響，創作了許多寫

實之作，反倒是逍遙，卻寫了好幾篇講理風格的作品。

　　後來的逍遙，或許有如當初不滿樗牛一派的尼采主義那般，對於以抱月為首的早稻田門徒讚美自然主義此事心有芥蒂，但那些畢業於早稻田的文學青年之所以選擇迎接自然主義，其實有點像是逍遙《小說神髓》中「沒理想論」以來的自然演變。有人是這麼說的：「坪內逍遙沒有叛逆之處，沒有叛逆之處的話，便沒有真正的藝術。」這是他被視為通俗作家的根本原因。但是，逍遙畢竟反抗舊文學，寫出了《小說神髓》等作品。他不也同時反抗了當代的戲劇，努力開拓文藝協會的戲劇事業嗎？在他位於大久保余丁町的宅邸裡有舞蹈用的舞臺，鄰居每天都可以聽到三弦琴的樂音以及跳舞的腳步聲。這當然不是一種享樂的遊戲，而是為了創造新舞蹈新戲劇的嚴肅研究，可是住在附近的某個陸軍少將卻以為這是文學家的放蕩行徑，不斷攻訐。如果「反叛」一詞不光是指單純的藝術層面，而是針對時代的道德宗教，或是政治、社會問題的話，那批評的人的確可以說逍遙並未擁有反抗的精神。可是，明治時代存在著得以發揮這種層面的反抗精神的文學家嗎？在明治以前有過這樣的文學家嗎？鷗外、漱石、紅葉、露伴身上沒有，井原西鶴、松尾芭蕉、近松門左衛門他們身上也沒有這種精神，元祿三傑[36]臣服於德川的

封建政治與封建道德，在壓制之下並未抱持著懷疑，安於尼
采所謂的奴隸道德，甘心於家畜群體一員的地位嗎？文學中
缺乏反叛性，是日本文學自古以來的特色之一。

　　自然主義從一開始就包含了反叛嗎？自然主義的作家與
作品，是否與日本傳統文學不同，對社會，對國家，發揮了
某種程度的反叛性嗎？推敲這件事情，相當耐人尋味。數十
年之前，我拜訪逍遙府上的時候，我問道：「整體來說，文
學是只需要技巧的東西嗎？」逍遙回答：「是啊，二葉亭前
陣子來的時候是這麼說。」二葉亭四迷不就像是拉斯柯爾尼
科夫[37]，是個「不斷思考」的人，一件接著一件，每件事都
不放過，左思右想，最後卻無法抓住「人生該當如何」的核
心，所以才止於技巧的嗎？[38]

---

36 井原西鶴是俳句作家、小說家，松尾巴蕉是俳句作家，加上近松門左衛
　門，三人活躍於江戶時代文化發展相當興盛的元祿年間（1688-1704），故
　以「元祿三傑」稱之。
37 杜斯妥也夫斯基小說《罪與罰》的主角，由於二葉亭四迷所學為俄國文
　學，此處白鳥特別以《罪與罰》的主角比喻當時可以二葉亭四迷為象徵的
　日本知識分子困境。
38 此處關於二葉亭四迷的文學觀點，白鳥提出了較為模糊的質問。在本書第
　十章，白鳥會再次詳述這個問題。

第二章

藤村並不擅長於寫小說,思想也不深刻,人品也算不上傑出,他可以說是與國木田獨步徹底相反的人物,好運、能忍、不屈不撓。但是,我如果要回想自己一路目睹過來的文學,首先,眼神便會聚焦在藤村身上。

　　詩人島崎藤村提筆撰寫小說，自然是他的藝術觀轉變後
的結果，但也不單單只是如此。至少，就我的觀察，這改變
應是實際生活上的考量。在當時，靠著寫詩無法獲得足夠的
生活費，大部分的新體詩在雜誌上刊登，卻無稿費，即便是
在青少年之中擁有眾多崇拜者的藤村，靠著寫詩能夠獲得的
金錢，應該是微乎其微。據說，當他投稿新作給《新小說》
時要求對方付稿費，出版社春陽堂覺得詭異，便把這當成怪
事一件，對著來訪的人說三道四了一番。詩，是如此地不值
一錢。因此，儘管文士貧困乃是必然，但若寫的是小說，尚
能濟生活之資。依據年表，藤村赴任小諸義塾教師的那年成
婚，隔年長女出生，藉此我們可以判斷他確實考量家庭的未
來。隔年（明治34年〔1901〕），藤村的三十而立之年，他
嘗試寫出《舊主人》這部小說，刊載於《新小說》上，但卻
被禁止出版販售。之後，他又斷斷續續地發表了幾篇短篇，
想必是有著靠小說過活的打算吧。這些作品當中，最為傑出
的是《水彩畫家》，在文壇引起了相當的注目。

　　「鷗外先生應該要讚揚這篇小說的，可就是什麼都不講
啊。」那陣子花袋對我抱怨鷗外無意推薦後進作家。然而，
我們無從得知，鷗外是否一一讀過新人作家的作品。暫且不
管能否獲得鷗外的認可，與作品本身藝術價值無關的某一

點，卻被視為社會問題——所謂的「角色原型問題」。水彩畫家當事人丸山晚霞[1]對藤村激烈抗議，使得這個問題浮上檯面。據說《舊主人》以藤村的前輩，也就是《女學雜誌》的主筆嚴本善治[2]為角色原型，藤村自從踏入小說界的那一刻起，便在使用真實人物這點耗費心力，而且，這點與過去作家隨興的使用態度有所不同，接近西方畫家使用模特兒的方法，採取與事物緊密相及的態度。因此，讓作品有了新意。話雖如此，《水彩畫家》一篇，根據晚霞的說法，表面的敘述與描寫讓讀者以為主角指的就是晚霞，可是內容卻描寫作者藤村自己的行動以及心理。後來在藤村的傑作《家》這部小說之中，有個作為插曲卻相當精采的事件——處於夫妻平凡生活中的寂寞，轉為對某位理解藝術女性的愛慕之情，對事件的描述，與水彩畫家丸山晚霞的事件如出一轍。藤村打著別人的名號，寫的卻是自己的事，晚霞自然不免憤恨不平。

---

1 丸山晚霞（1867-1942），水彩畫家，與島崎藤村同時於小諸義塾任教，因而結為好友。但藤村卻借用了他的身分作為小說主角，描述自身的經驗，引起一連串的問題。

2 嚴本善治（1863-1942），教育家、評論家，以基督教的立場推動明治時代女性教育，並創辦《女學雜誌》。

　　這的確像是藤村會做的事情，不過，那陣子所謂的「私
小說」尚未誕生，能夠將自己的事情大喇喇地寫出來的決
心，就算是新時代作家藤村也還無能為力。明確意識此事，
加以實踐的乃是田山花袋。後來還有一次，藤村在短篇小說
《行道樹》〔並木〕中，描寫了友人戶川秋骨與馬場孤蝶，而
被寫進小說的現實人物也公開發表了感想。當時這些小說尚
未被稱為自然主義小說，在作家尚未具體意識之前，自然主
義的作風便已現蹤。我想，藤村本人從未公開表示：「吾乃
自然主義者也。」而且他不只從未這麼說過，實際上也未曾
學習那些被視為西方自然主義小說家的創作手法。藤村當然
閱讀過近代西方的評論與作品，也受到那些文學的啟發，但
卻不限於自然主義。對他而言，他只不過是致力描繪現實，
因而創作出那樣的作品罷了。

　　明治文學史上的劃時代大作《破戒》寫於日俄戰爭期
間，戰後自費出版，在我的印象中，從未有過這樣出版前即
已如此受到眾人關注的小說。眾人耳語紛紛，說那《嫩芽
集》〔若菜集〕、《落梅集》的作者，詩人島崎藤村離開信
州山林，於東京近郊定居，在貧困生活中撰寫長篇小說。而
文學青年帶著敬意聽著這個傳聞，想像著破天荒之作的出
現。田山花袋不斷地臆測藤村新作的方向，談起這事的語調

充滿欣羨之意，看起來像是自己也該趁著時勢做些什麼，絞
盡腦汁。終於，這本新作，以《破戒》這個充滿魅力的書名
問世，充滿文學熱情的文壇眾人爭先恐後地拜讀，下是非之
評。我記得，《早稻田文學》也是如此，以抱月為首的雜誌
撰稿人，包含我，都加入評論之列，一面倒地讚賞這篇作
品。據說尾崎紅葉門下的代表作家，為了捕捉新時代光影而
焦慮不安的小栗風葉也迅速買了一本，逐字推敲，俯首思
量。我這陣子讀的夏目漱石《書翰集》，裡頭有封寫給森田
草平的信，讚揚《破戒》，讓我深覺不可思議。漱石寫道：
「這裡頭沒有一般小說家人為的過度加工，誠懇地一步接著
一步，步履穩重地描繪，非常好。而且，我喜歡它處理的是
嚴肅的問題，展現出所謂的人生，沒有無意義的矯飾。」漱
石又說：「此乃明治小說當傳後世之名篇也。《金色夜叉》
之流，二、三十年後必遭世人遺忘，若明治一代有稱得上小
說的作品問世，我想正是《破戒》這篇。」這評語說是讚不
絕口也不為過，而且這並非公開言論，而是寫給弟子的私
信，不藏心機，亦無須婉轉，純粹至極的評語，實是耐人尋
味。當時，自然主義尚未在文壇鬧得沸沸揚揚，漱石自然不
拘泥於黨派之分，平心靜氣鑑賞藤村的新作。如同當時漱石
的作品充滿新意，《破戒》也無疑是清新的文學作品，日本

的新文學，便是從這裡起步。

　　然而，我至今依然認為，這並非藤村純粹發揮天賦才能的作品，儘管屬於西洋風格的正統小說，但同時也是偏人為做作、缺乏真實性的作品。在許多的讚美聲之中，山路愛人舉實例評論道：「這篇小說呈現的某些風景相當西方，而並非信州光景。」我模糊記得，他甚至痛斥了作者的愚昧。雖然我們會以為藤村老早就屢屢描繪千曲川流域[3]的景致，理應對當地風土的認識十分充足，所以《破戒》中的自然描寫不落俗套，同時展現出真實性與創新，但是，作品中的人物卻缺乏深刻的人性描繪。相較之下，花袋的《鄉村教師》〔田舍教師〕儘管只是理所當然地書寫平凡人物的樣貌，呈現的人物卻更貼近真實人們的面容。

　　如同長谷川天溪在當時即已指出，《破戒》與杜斯妥也夫斯基〔Fyodor Dostoyevsky, 1821-1881〕的《罪與罰》有類似之處。在明治二〇年代傳來日本的近代歐洲小說之中，《罪與罰》是本讓文學青年留下特殊印象的特殊作品。藤村不就是受到這本俄國小說的刺激，使得自己想要處理的特別

---

3 信濃川的中上游。島崎藤村曾經寫過散文，也寫過詩描繪河畔風景，此類作品多數集中在小諸義塾任教期間。

題材有了全新且強烈的生命，並構想出前所未見的特殊且沉重的場景嗎？不過，《破戒》與《罪與罰》的相似，止於表面，本質卻似是而非。漱石往後厭惡起日本自然派文學的「矯揉造作」、「似是而非的沉重」，此時卻賣力讚賞《破戒》這讓人覺得賣弄做作的小說，也是怪事。

話雖如此，今日回顧起藤村自《破戒》開始的文學人生，我越想越是覺得有趣。藤村並不擅長於寫小說，思想也不深刻，人品也算不上傑出，他可以說是與國木田獨步徹底相反的人物，好運、能忍、不屈不撓。但是，我如果要回想自己一路目睹過來的文學，首先，眼神便會聚焦在藤村身上。並非我特別喜好他的文學，也並非以為他的文學特別傑出。不論如何，看來我的自然主義文學回顧會以藤村為中心繼續打轉。

《破戒》的主角丑松，把前額埋在地板的塵埃中乞求原諒，這種殘酷的自我告白是作者想像的產物，比較起杜斯妥也夫斯基的想像方式，拉斯柯爾尼科夫想起愛人索尼雅說過：「你到路口去，對著眾人磕頭，親吻土地，然後大聲對著世上的人們說：『我是兇手。』」便在廣場正中央跪了下來，對著泥土地低下頭，感受著快樂以及幸福，與骯髒的地面接吻。兩者的敘述，給讀者的印象大相逕庭。而且，藤

村多方臆測了丑松邁向告白前的猶豫與煩悶，我們卻看不到
對人類心理的深度觀察，也沒有對於人生百態的深刻洞察。
後來，在源自於自身體驗的《新生》中，我們才得以看到懺
悔告白的真實情感。《新生》告白的姿態相當拙劣，主角岸
本身為作者分身，儘管無法變身成杜斯妥也夫斯基作品中角
色，也無法變為托爾斯泰作品中角色，卻具備著個體的真實
性，是《破戒》書中洋洋灑灑的心理描述與言行敘述所無法
比擬的。芥川曾經說過，沒有比《新生》作者更偽善的人
了；泡鳴時常對著我們批評藤村，說他「扮豬吃虎」、「偽
善者」。儘管如此，被視為社會問題小說、人道主義小說、
正統小說的《破戒》；被評為扮豬吃虎小說、偽善小說、曖
昧糾葛私小說的《新生》，兩者相比，究竟哪一篇為我們帶
來更深的感動呢？

　　在自然主義的主要成員之中，我與藤村並無深厚的交
情，總是站在遠處看著對方。然而，對於從《破戒》到《新
生》那文學史上的藤村，我想帶著深厚的親密感，繼續書寫
這份稿件。藤村在「花袋、秋聲五十壽誕紀念祝賀會」上的
演說中，認為兩位作家的文學生涯乃是荊棘之路，但這只是
他以自身經驗推演、想像他人心境的結果，讀著他不同時刻
的感想，或是他的各種作品，便可以發現之中似乎永遠充斥

著人生旅途之艱難、文學家生活之艱難，而他正如「艱難之化身」。

　　好不容易寫出以友人為角色原型的《水彩畫家》以及大舉運用小說技巧的長篇《破戒》，我們可以自然地想像藤村接下來會用同樣的方式創作出一篇又一篇長短不一的新作。然而，文壇的動盪為他沉重的心帶來刺激，他因而有了新的想法。

　　幾年以前，《獨步集》出版[4]，獨步原先不受重視，眾人這時卻發現了他作品的真正價值。不過，那時尚未被歸類於自然主義之作。我偶然拿起寄贈給報社的這本短篇集，興味盎然地讀畢，把感想寫進稿紙，只是讚揚作品不似小說、饒富新意、獨出機杼而已。當時的藤村也罕見地將有關獨步的感想投稿至《讀賣新聞》，文中批判了獨步的小說擅於描繪消極的角色。這些批評，扮演著將獨步介紹給文壇的功能，與自然主義毫無干係。然而，從《破戒》問世開始，自然主義之名不知不覺中在文壇出現，我也不清楚是誰在何時最先提及的，這應該就是時代的聲音，正是所謂「天無口，

4　國木田獨步於1905年出版的短篇小說集，與隔年的小說集《運命》獲得文壇高度認可。

使人言」吧。周遭主張自然主義人生觀、自然主義表現手法
的聲音開始此起彼落，這個時候，田山花袋也舉起主義大
旗，開始熱烈鼓吹，人們進而同意、附和，或說、或寫，連
續不斷。如此迅速且強烈席捲文壇的風潮，前所未見，就連
藤村也被影響，讓他原本模糊不清的文學觀點有了生氣，
原本暗中摸索的事物有了形象。於是，《破戒》之後的長篇
《春》，以讓人耳目一新的姿態問世。

　　那兩三年，是自然主義的全盛時期，花袋的《棉被》是
此時的代表作，名留青史，但這對自然主義來說，卻不是值
得慶賀的事情。所謂新風潮萌芽時期的代表作，詩自不待
言，就連小說或戲曲，應該具備時代更迭依然能讓人振奮的
魅力，而《棉被》儘管在人生態度、創作態度上有著劃時代
的表現，作品本身卻相當粗糙。今日觀之，不值一哂，但在
彼時，能大膽地寫下這種暴露小說的，只有老實憨直的花袋
才做得到。回顧自然主義初期的雙璧《破戒》與《棉被》問
世後的評價，是件相當有趣的事情。《破戒》被視為犧牲妻
小而完成的作品、取材具有社會意義的作品，批評伴隨敬
意；而《棉被》除了帶著好感、覺得作品有趣的意見以外，
也有帶著嘲諷、譏笑的批評，兩者大不相同。田村松魚[5]曾
經說過，他在美國苦學之時，友人讀到刊載於《新小說》的

《棉被》，從二樓捧腹笑到了一樓，說：「你看！田山居然寫這種蠢事。」接著把雜誌攤開在他的眼前。在異鄉讀到故國的這種小說，會有如此反應，不難想像。即便在日本，如果死去的紅葉讀了這篇小說，或是仍在世的幸田露伴讀了的話，或許也會冷嘲熱諷吧。如果早幾年問世，文壇或許也不會如此看重。但是，日俄戰爭結束後的那陣子，有志者的自我正在覺醒，加上衷心服膺希臘德爾菲神殿「認識你自己」箴言的知識分子逐漸增加，因此，對《棉被》一作心情無法一笑置之，甚至引發共鳴。像是在家庭生活中倍感倦怠、總是打著呵欠的抱月，他在花袋等人的論點或作品中找到自己內心的投影，進而盡力於自然主義在哲學道德或美學理論的建構，而且，他在理論演繹的盡頭，發出如下的感慨：「現下的我，不堪停留於固定的人生觀點，或者該這麼說，現在的我，只適合對疑惑不定的現況懺悔，到此為真，再往前一步，恐怕有僭越成為造物者之慮。然而，以這樣的我為標準，俯瞰人世，我不住猜想那些談論人生觀的人們，盡是處在與我大同小異的狀況中。如果真是如此，這說不定是個舉

---

5 田村松魚（1874-1948），小說家，出生於高知，師事於幸田露伴，1903年
　赴美國留學。

世懺悔的時代。去虛偽、忘矯飾，深切的關注自身的現狀
吧。關注，然後真摯地告白吧。當今已經沒有比這更加適切
的開場白了吧。因此，現下是個懺悔的時代。又或者，人類
永遠無法超越懺悔的時代。」[6]抱月的這種感想勝於莎翁的故
鄉訪問遊記，也勝於凡爾賽宮的禮讚紀錄，是作者心底的聲
音，得以帶給我們深切的感動。晚年抱月的行動，大概就是
來自這種想法吧[7]。

　　長谷川天溪的自然主義理論有著打破舊習進而凝視人
生真實的宏大氣魄，在當時大放異彩，但時至今日，那些
作品卻已遭到埋沒，我想重新一讀，卻找不到書。《幻滅
時代的藝術》、《排除理論遊戲》、《暴露現實的悲哀》等
等，儘管發表當時有褒有貶，的確掌握了重要課題[8]。所謂
的「幻滅」、「暴露現實」等等流行詞彙，便是由天溪開始

---

6 島村抱月 1909 年將留學歸國後的評論結集成評論集《近代文藝之研究》出
　版，正宗白鳥引用的段落是此書的序文〈代序：論人生觀上之自然主義〉
　第五節。

7 後來島村抱月在現實人生上也做出讓人出乎意料的選擇，他辭去早大教
　職，放棄元配與家人，選擇與劇團的女演員松井須磨子同居，與自己的恩
　師坪內逍遙發生衝突。

8 這些是天溪於 1906 至 1908 年所發表的重要評論，不管是內容與用詞，均成
　為後來其他評論家論述自然主義的根本。

廣布的，此後，我們的自然主義才得以登堂入室。花袋亦主張「露骨的描寫」，排斥文字上的技巧，嘗試描寫現實的原貌。天溪是個普通人，看起來不像是個對人生感到幻滅，苦惱於暴露現實的人，不知是否因為與博文館編輯部的同僚花袋親近，才受到影響的呢？[9] 將我的作品貼上虛無主義標籤的，也是天溪。

所謂非平家者即非人也[10]，當時非自然主義者即非文學，時代變化至此，文學家比肩接踵地加入自然主義的行列。然而，社會卻是大張撻伐，加以擯斥。如同過去尼采主義被誤解為遊蕩主義[11]一般，自然主義亦被視為低俗卑下之物。菊池寬曾在回想學生時代的文章提及上田敏在京都大學的教室[12]嘆息道：「文學落入了不良少年的手中。」對藝術至上主義者的上田來說，有如此的感受並不讓人意外，在野的哲學家田中王堂發表了長篇論文《論我國之自然主義》，想要糾正自然主義的謬誤，態度堂堂，然而對以花袋為首的

9　當時田山花袋是雜誌《文章世界》的主筆，而長谷川天溪則負責綜合雜誌《太陽》的編輯，兩本雜誌均由博文館出版。

10《平家物語》等書中描繪平安時代末期平氏一族權力如日中天的句子。

11　此處指追求享受、逸樂的主義。

12　上田敏1909年於京都大學任教。

自然派文人的人身攻擊，卻是此起彼落地在各種雜誌出現。
人們嫉妒擁有盛名的人物或團體，口出惡言，並不罕見，但
回想起來，讓我覺得有趣的是當時官方學界的學究式反應，
據說連田中王堂都被某位大學教授規勸道：「何須跟那些人
爭論呢？」所謂的「那些人」，指的就是像田山花袋、岩野
泡鳴這種沒有學位，也沒有讀過名校的人。對學者來說，自
然主義不過就是低等文學家信奉的圭臬。不僅如此，一旦學
者表現出些許近似善意的態度，文學家便不約而同地心生喜
悅，這是我親眼所見、親耳所聞，用心感受到的傾向。「聽
說鷗外先生官階與中將相當喔。」耳語之中帶著敬意，讓鷗
外的偉大更加光芒四射，這就是主張「幻滅」的自然主義
者，或是追求「暴露現實」的青年文學家表現的態度。這種
問題，其實是自然主義文學家必須凝視的現實人生。

　　接下來我想寫的，是在這之後的事。幸德事件[13]發生
後，為了撫平人心，成立了「濟生會」這個組織[14]，同時政
府設立了「文藝審查會」。那是桂內閣的時代，平田東助[15]

---

13 又稱大逆事件，1910年數名社會主義者密謀暗殺明治天皇，導致許多無關
　　人士遭到牽連而被處死。
14 1911年由明治天皇提供的經費而成立的慈善醫療機構。
15 平田東助（1849-1925），貴族、政治家，兩次桂內閣均擔任閣員。

擔任內務大臣，而小松原英太郎[16]擔任文部大臣。當時，平
田與小松原權勢之大，讓與謝野晶子吟詠了「東助與英太
郎，不識文學，嗚呼哀哉」這樣的和歌，為政者此時卻要求
文藝蓬勃發展，社會大眾以為名實不符，我們也覺得不可思
議。以鷗外、抱月為首，報社內的文學相關人士、塚原澀柿
園[17]、伊原青青園[18]等十幾個人被任命為審查委員，提出授予
新人作家傑出作品獎金、派遣有為青年留學西洋等等計畫，
但卻沒一件實際施行。抱月為了讓這個組織有其意義，似乎
相當努力，他時常會把開會的資訊透露給我們知道，但看來
他前瞻的意見派不上用場。於是，第一年只有決定頒發獎金
予坪內逍遙的《哈姆雷特》翻譯，而逍遙在得以自由運用獎
金的條件下答應接受獎項，他把超過千元的獎金分配給二葉
亭四迷、國木田獨步兩家遺族。後來這個組織的業績連續
兩三年都停留在翻譯西洋古典，像是但丁〔Dante Alighieri,

---

16 小松原英太郎（1852-1919），政治家，歷任埼玉、靜岡、長崎等縣知事、
　貴族院議員、大阪每日新聞社長等職位。
17 塚原澀柿園（1848-1917），歷史小說家，出生於靜岡，曾任《東京日日新
　聞》記者，後成為該報專屬作家，連載小說深受讀者歡迎。
18 伊原青青園（1870-1941），劇評家、劇作家，出生於島根，以日本傳統戲
　劇史的研究聞名。

1265-1321〕、歌德〔Johann Wolfgang von Goethe, 1749-1832〕、
莎士比亞〔William Shakespeare, 1564-1616〕、賽萬提斯〔Miguel
de Cervantes,1547-1616〕等等，不如口號，對日本現在的文
學毫無貢獻。其實此乃理所當然，政府的意圖並非提拔當時
的作家，而是管理。自然主義讓扞格日本舊有民風的下流小
說橫行於世，政府研擬的是監管以及打壓，於是，這組織披
著獎勵文學的羊皮，實際卻想要阻撓新興文學的前途。因
此，被選出的審查委員，大多數是與政府抱著同樣想法的思
想陳舊人士。想要政府對文學展現誠意、促進發展，實為緣
木求魚，會抱著這種期待的人只能說是涉世未深，對於人類
內心的觀察過於天真吧。

　　花袋靠著《棉被》意外大受好評，突然變身為新時代先
鋒作家，不同於過往懷疑猶豫的態度，帶著自信接二連三的
發表新作，如實地開始描寫自己的行為、心境以及周遭的人
物與事件。他第一篇報紙連載小說《生》發表於《讀賣新
聞》，寫的是自己周遭親戚的事情。與《生》一前一後，藤
村最早的報紙連載小說《春》則刊載於《朝日新聞》，他也
踏出了以小說形式表現己身人生的第一步。這種創作態度
後來成為許多作家的慣用手法，現在看起來既平凡又陳腐，
但花袋、藤村在當時奠定了典型，值得在文學史記上一筆。

這兩篇作品，想來必定未受讀者歡迎。年輕小說家自己的故事，不可能引起一般讀者的興趣，讀來津津有味的，只有文學青年而已。

我身邊的人，常常討論著誰的作品比較有趣。聽說夏目漱石評論起《生》，說道：「有如滿谷國四郎[19]君的油畫。」或許是指有點髒嗎？花袋的作品中，並無清爽，亦無高雅之處。我曾問小山內薰道：「誰的作品好？」他回答：「《春》囉。」其實《春》並非精采之作，只是人們多年來對於詩人藤村抱著敬意，因而有了只要是這位作家的作品便得捧讀的習慣吧。《春》開頭的寫法，模仿了屠格涅夫〔Ivan Turgenev, 1818-1883〕的《處女地》，從眾多青年對話的地方開始。

藤村正在撰寫《春》的期間，某天拜訪了位於代代木的花袋家，剛好我也在，聽著兩人談創作苦心。花袋談及書寫他人的困難之處，藤村卻說：「不，我總覺得為自己的事情比寫他人還要難。」當時的他正為了《春》苦思，所以才有如此感受也說不定，但在旁聆聽的我心下只覺得，寫他人的

---

19 滿谷國四郎（1874-1936），西畫家，當時作品多取材自戰爭以及勞工的日常生活，以褐色為基調。

事不可能比寫自己的事情簡單。「寫他人之事輕而易舉」的心態、創作易如反掌，在《棉被》以後的年輕作家心中萌芽，對文學來說，究竟值得欣喜，還是該覺得悲哀呢？將自己做過的事情一五一十、毫不避諱地寫下，便能算是新時代的小說，這無疑是膚淺的文學觀，但如果沒有這種膚淺的文學觀出現，近松秋江的精采作品、岩野泡鳴的精采作品均不可能問世。如果沒有田山花袋在眾人注目下毅然決然讓有如《棉被》這般暴露己身行動與心理的作品問世的話，縱使秋江、泡鳴有著旁若無人的創作熱情，他們的作品必定也不會採用那樣的形式。某次我質問泡鳴說道：「因為田山示範在先，你才跟著做的吧。」泡鳴也點點頭，說：「沒錯。」

即便在自然主義的幹部之中，花袋依然是最平凡的人，這樣平凡的人物為文壇帶來了嶄新風格，模仿者接二連三出現，讓我更是感觸良多。這次我重新信手讀了《生》、《妻》、《緣》三部曲，再一次感受這部記錄平凡人生的小說有趣之處，光是當時的人情世態躍於紙上，就值得一讀。文學青年式的感慨、工作的辛勞、新家庭的喜與憂等等，極為俗套且凡庸的事件，卻因為是真實人生，時至今日仍值得玩賞。

然而，這一次我讀著這些作品，重新感受到的是人物原

型問題。藤村很早就為人物原型問題所累，而花袋既然如實地描寫自己的生活，自然不得不如實地描寫妻小、兄弟、友人等等。儘管以自己身邊諸事為題材的作品，不管是在哪個國家，或是任何時代都有，但這些人物原型問題卻是特例，加上取材的過程也成為小說的一部分，成為虛構的故事。不過，花袋等人深信據實描繪自己與周遭的事物，振筆直書，此乃小說常規，因此，被寫進作品的人更是難以忍受。在文壇建構起此種關鍵習性，堪稱世界古今東西文學史上的獨特習慣，花袋、藤村以後的日本文壇人士也不以為意，將這視為小說作法的慣例，不以為奇，直至今日。讀著《生》或《妻》等作品，裡頭不光是細膩地如實描繪肉身之事，就連主角好友毫無疑問地是柳田國男、國木田獨步、太田玉茗等人，亦是按照現實描寫。知名人物在作品中出現，我們自然讀得更加起勁，但被書寫的人，卻是心有不快吧。對出現在《棉被》中的年輕男女也必定造成了困擾[20]。作家是否不須顧慮對身邊的人帶來困擾呢？一旦顧慮他人的想法，或許便無法創造出徹底真實的文學，但你該想像看看，自己被作家放

---

20 此處指小說男主角竹中時雄的女弟子芳子，以及她的年輕戀人，故事中的兩個角色，在現實世界均有人物原型。

進作品裡，依照作家的喜好被描繪這事。花袋並未帶著惡意
書寫周遭人物，而是帶著好意描繪，但我還是在某次宴會上
聽到柳田國男對著花袋激烈地表達不滿，心下深有同感。這
與自己被寫得好或是不好無關，時常被放進作品中扮演要角
或配角一事所帶來的厭惡，其實不難想像。

「自然主義之力何其巨大。」「田山花袋之力何其巨
大。」若無田山花袋，若無《棉被》之流問世，毫無隱諱地
書寫自己慾望之舉的純文學作品，不可能綿延無盡地長時間
現蹤於文壇，作家也不可能毫不客氣地將周遭的人物當成
小說材料。將誰當成人物原型，花袋、藤村的原型使用方
式，比起漱石等人的做法，兩者大相逕庭，據說《吾輩是
貓》中有著許多作者的友人作為人物原型，但那卻與《生》
或《春》之中的人物原型使用方式迥異。貫徹現實的態度，
嘗試藝術化的態度，自是有異。自然主義批判漱石文學是一
種「遊戲」，亦是基於以上的相異之處。姑且不論何者是藝
術的正途，但透過花袋系統的文學的確使得人類真實面貌變
得清晰，得以拿下面具，讓真相顯現。

所謂騎虎難下，無論是藤村或是花袋，都繼續走著
《春》與《生》所開拓出來的道路。身為自然主義初期三
強之一的國木田獨步，對於自己被推為此派一員，一臉茫

然。實際上他與這兩位作家的作風大相逕庭，並未受到花袋風格的如實描寫方式影響，走的是自己獨特的路子。對他而言，提及自然主義，不過只是受到華茲華斯〔William Wordsworth, 1770-1850〕感化的程度罷了。關於自己的文藝觀點，他寫道：「悠久而不可思議，吞吐生死的如此大宇宙，爾何其掙扎也無能脫離的如此大自然，事實中的絕大事實，眼前的真實現象，對於這些不懷任何感想的文人，即便巧妙地直書人類的事實，也不過只是一種技藝。如此一來，文藝有何等價值乎？所謂自然主義有何等價值乎？」[21]誠如片上伸之評，獨步是一種命運論者，是神祕主義者，而且還是一個感受到物質與機械世界觀壓迫的人。

　　他並非正統的自然主義家，對文壇的影響亦不如藤村、花袋。

---

21 白鳥引用自獨步於1908年2月發表在《早稻田文學》上的〈不可思議的大自然（華茲華斯的自然主義與我）〉一文。這個時期，獨步撰寫了幾篇自己與當時在日本文壇流行的自然主義立場不同的評論。

第三章

不管是天外還是風葉，他們拚命想往新的方向前進，
卻無法抵達目的地，作品無法表現時代，不就是因為
沒有如實地敘述自己的行動或心境嗎？日本的自然主
義，藉由露骨地描寫己事，才讓活躍的新生命誕生。

　　《早稻田文學》與《文章世界》，每期刊載推崇自然主
義的評論、感想、隨筆，被視為這個流派的刊物，而《讀賣
新聞》的週一附錄也被當成同類的出版物。《早稻田文學》
在島村抱月的主宰之下，相馬御風、片上伸、中村星湖等人
奉行自然主義，振筆直書；《文章世界》是博文館發行的尋
常投稿雜誌，但總編輯田山花袋卻不把它當成一般文學雜誌
來編輯，而是讓這本雜誌搭上時代的順風車，變身成饒富新
意的文學雜誌，在「桌上語」、「墨水壺」等題目之下，他
率直地書寫對於人生及文學的各種感想，這些作品並不像抱
月的評論般思路清晰，但對讀者來說，卻是當時的嶄新感
觸，相當吸引人。你可以看得到歐洲近代文學的影響，卻
也同時與桂園派和歌有共鳴之處，因為，花袋深深喜愛熊
谷直好[1]的和歌，純真地吟詠心靈原貌。這點近似於島崎
藤村受到松尾芭蕉的影響，抱月則是讚揚近松門左衛門、井
原西鶴以及坂田藤十郎的藝術，日本自然主義的主要作家，
雖受到西洋近代文學及思想的感化，但心底仍留有日本藝術
傳統，就像是森鷗外、夏目漱石、二葉亭四迷等人的靈魂中

---

1 熊谷直好（1782-1862），本名信賢，江戶後期的和歌作家，師承香川景
　樹，風格清新。

有著濃厚的武士道色彩。

　　我壓根沒想要透過自己編輯的《讀賣新聞》文學附錄號鼓吹自然主義。這裡每週刊載近松秋江的《文壇閒話》，岩野泡鳴的評論大抵也在這發表，但卻不代表我認同他們的觀點，只不過是一種惰性，我不厭其煩地選用他們帶來的文稿罷了。我也經常拿那些附和、讚美自然主義的評論來填補稿件空缺。《早稻田文學》與《文章世界》算是付得出稿費的雜誌，但《讀賣新聞》每週兩面文藝附錄號的稿費，規定一個月只有三十五元左右（現在回想起來，金額實在太少，因而懷疑自己是否記錯，其實那是一週稿費，但我再次回想，一個月確實只有這樣），而我總是打破規定，多多少少拿出超額的稿酬，但還是無法收集到像樣的稿件，版面上超過一半是投稿的無償稿件。儘管如此，那時《讀賣新聞》文藝版在文壇卻擁有強大的影響力，其實有些不可思議。而且，當時的我，未曾如拘月、花袋兩人那般談論自然主義。當時的我，也不明白自然主義究竟為何物？

　　花袋讀遍當年正月發表的小說之後，說了如下的感想：「我深切感受到的是，想像果然還是派不上用場，運用想像寫成之作，沒有一篇具備著打從內心撼動人們的權威。那些運用想像的作品中，即便覺得某處突出，但你也會馬上發

現，這並非靠著想像所寫出來的。果然，自然主義也已經來
到了這樣的極限。」他又說：「我們明白，在極限之處會有
著嶄新的泉水滾滾湧出。我們唯一可以確定的是，寫下那些
並非想像的事實，即便是何其無味的事實，或者，不如說是
我們得知這些是能夠書寫的材料，嶄新泉水湧出的源頭就在
這裡。」[2]

　　蔑視想像，將瑣碎的事實視為真實而尊崇的想法，是花
袋風格的自然主義文學態度，年輕作家原封不動地接受了這
種說法，因而有了撰寫平庸且毫無力度的日常生活小說的習
慣。反之，國木田獨步很早就提到：「想為了不可思議的宇
宙驚呼」、「驚嘆死亡的事實」等等，他認為從近似感激的
驚嘆，可以發展出真正的文學，兩人有著凡人型與天才型的
差異，但獨步對文壇的影響卻不如花袋。不過，我認為獨步
之所以會加入自然主義作家的行列，應該是因為與花袋交情
深厚。若獨步與漱石親近，恐怕會跟寺田寅彥[3]等人一般，
成為那個團體的一分子，被評論家、文學史家歸類為自然派

2　以上引用自花袋於1911年1月號《文章世界》所發表的文藝評論，這個段
　　落的小標題為〈想像與作品〉。
3　寺田寅彥（1878-1935），物理學家，學生時代曾拜在漱石門下，撰寫隨筆
　　以及俳句，因而也是日本近代的隨筆作家代表之一。

之外的作家。文學的黨派與政黨不同，大部分並非自己主動加入，而是旁人找個理由分別黨派，並非依據作家真正的本質。

　　具備自然主義作家的資質，同時希望能與代表新時代的有力黨派為伍卻事與願違的，乃是小栗風葉。我很早就認為這位作家的作品、文學地位、生活方式三方面均耐人尋味：他在尾崎紅葉門下的時候，是個繼承了師父衣缽的技巧型作家，早以新人作家之名獲得肯定。他接二連三出版了《龜甲鶴》、《戀慕流》等篇精心造詣、有著小說樣貌的小說，但也擔憂自己跟不上時代風潮，便隨著世人同樣膚淺地解讀高山樗牛等人所宣傳的尼采〔Friedrich Wilhelm Nietzsche, 1844-1900〕主張，也就是滿足本能[4]，寫了《醒來的女性》〔さめたる女〕、《覺醒》等作，描繪當時知識階級的苦惱。等到自然主義盛行時，他又費心配合此派新文學，以長篇《青春》為首，發表了《懶散之女》〔ぐうたら女〕、《世間師》、《耽溺》等作品。據說，他透過馬場孤

---

[4] 高山樗牛在1901年介紹尼采的思想，發表《論美的生活》，認為美的本質是為了滿足本能，這是明治三〇年代中期重要話題，儘管後人認為他並未真正理解尼采的主張，下個段落中白鳥也提及這個問題。

蝶等外國文學專家，努力地吸收新時代的文學知識。活用
紅葉指導而鍛鍊出的技巧創作新作，理應如虎添翼，但成
果卻不如預期，陳舊的外殼揮之不去，無法脫胎換骨成新
的事物。在《獨步集》[5]、《破戒》問世，文壇吹起新風的時
期，《中央公論》的名編輯瀧田樗陰曾極力主張，當代小
說以風葉和〔小杉〕天外的作品為佳。說是兩人技巧獨樹
一格，他並帶著輕蔑地說道：「《破戒》的文章有點糟啊，
開頭第一句什麼蓮華寺兼營寄宿，根本不像個句子。」[6]但
是《破戒》的文章，正是在那些陳舊的技巧家認為糟得不
成句子之處，有其獨特新意。這次，我重新讀了風葉的《世
間師》，的確是自然主義風格之作，若放在花袋的作品中，
可以算是傑作。風葉寫完《耽溺》後，退隱鄉里，當時的心
境為何，並未表現在作品上，自然不得而知。不管是天外
還是風葉，他們拚命想往新的方向前進，卻無法抵達目的
地，作品無法表現時代，不就是因為沒有如實地敘述自己的

---

5 自然主義文學興起的關鍵作品除了《破戒》與《棉被》的問世以外，也有
　人認為獨步這本於1905年出版的短篇集也有重要意義，畢竟在各篇發表當
　時並未獲得文壇注目，而是後來與自然主義一起獲得推崇。
6《破戒》的第一句是「蓮華寺では下宿を兼ねた」，點出主角瀨川丑松準備
　遷居的目的地。

行動或心境嗎？日本的自然主義，藉由露骨地描寫己事，才讓活躍的新生命誕生。而風葉無法如同門的德田秋聲般，如實地表現出現實中的自己。未曾煞費苦心即成為自然主義大家的秋聲、賣力卻無法成為新時代巨擘的風葉，兩者相較起來，意義深長。風葉的《耽溺》與岩野泡鳴的《耽溺》同時發表，自然被拿來比較、品評，文壇便說，前者是舊時代的耽溺，而後者是新時代的耽溺[7]。風葉在新開發的區域，也就是在早稻田鶴卷町耽溺酒色，算是老套；泡鳴在日光那暗藏春色的旅館耽溺，卻有新意──其實我那時覺得此說法相當可笑[8]。或者，在有否自覺、是否具備反省意識等處有所不同呢？總之，風葉之作，被排除在自然主義外，而泡鳴的《耽溺》，儘管是他最初的小說[9]，卻被推崇為生氣蓬勃的新時代之作。泡鳴是一個志在獨創的思想家、文學家，但這篇小說卻是受到花袋《棉被》觸發，心想：「那我也把自己做過的事情一五一十寫出來吧！」而

7　這兩篇作品於1909年問世，小栗風葉之作是1月，而岩野泡鳴的作品是4月。

8　白鳥提到的地點是兩篇小說的舞臺，但現實中泡鳴的經驗發生於日光，他在小說中卻將場景改為面海的小鎮國府津。

9　這並不是岩野泡鳴刊載於報章雜誌的第一部小說，但卻是成名之作。

振筆直書寫下的作品。同樣從詩人轉身為小說家，在他身上看不到藤村那種持重的裝腔作勢，泡鳴最初的小說隨興地以「耽溺」這種殺風景的標題命名，展現的是與藤村相異的不拘小節心態，而這種態度，直到晚年都不曾有變。「耽溺」一詞，是自然主義時期出現的流行語彙，在這之前，樗牛鼓吹的「美的生活」或是「尼采主義」等詞遭到鄙俗地曲解，流行了一陣子，而繼承了這個脈絡變得更加露骨的，正是「耽溺」一詞，自然主義便被世人曲解成耽溺酒色主義。而且，不只是文壇之外的世人這樣想，就連文壇內部不屬自然派的文學家，也把自然主義者視為行為特別放縱、品行不良的傢伙。《新小說》由標榜反自然主義的後藤宙外擔任編輯，裡頭的文藝欄人身攻擊自然派文人，把他們寫得像是醜惡的敗德之徒。然而，此般攻擊咒罵蔓延之時，正是自然主義的全盛時期。

　　如同過去抱月啟程前往歐洲時整個文壇舉辦餞別會一般，二葉亭四迷遠赴俄國前，也在上野的精養軒舉行了文壇的餞別會。森鷗外、夏目漱石、幸田露伴等人並未出席，但以逍遙為首的各方文壇名士，不問自然派與非自然派之別，盡皆出席，誠心地為他的遠征送行。二葉亭自文壇超然獨立，不置身於各家競爭中，因此受到眾人的尊敬，不被憎

恨，也不被厭惡。一般猜測二葉亭對俄國自然主義文學有所
理解，或許亦有共鳴之處，但他卻未曾鼓吹自然主義性質的
文學論點。他曾說，屠格涅夫的文章與紅葉的類似。事實
上，他似乎也敬佩紅葉的文筆。我曾經有一次好運地受某位
年輕出版人士邀請，得以拜會二葉亭，當時在閒談之中，
二葉亭說道：「就算現在的新人不錯，也無須排斥過去的事
物。也就是說，紅葉有紅葉的價值。」又說：「我讀了獨步
的書，覺得像是耶誕時期的出版品。」

　　這兩句評語並非強硬的主張，而是極為輕盈，彷若自言
自語般所吐出的詞彙，至今還留在我的腦海中。我想，二葉
亭應該沒有把這些話發表在雜誌或是其他地方，但我相信這
絕非一時聽錯。二葉亭是明治時代最初的新人作家，甚至是
比坪內逍遙還重要的新作家，此事已是文壇定論，但即便是
新作家，也依然是那個時代的新人[10]。我把這些事情跟花袋
說，他卻笑著回道：「紅葉與屠格涅夫完全不同吧，」不把
這當一回事。於是我開始思考，不管是花袋還是獨步，他們
都是透過二葉亭的翻譯開始接觸、進而醉心於屠格涅夫的作

10　意指二葉亭四迷被視為新人已經是明治二〇年代的事情，而自然主義則興
　　起於四〇年代前後。

品，而這個屠格涅夫，卻是二葉亭變出來的玩意，能否算得
上真正的屠格涅夫，令人存疑。而且，他說獨步的作品像是
耶誕時期的出版品，不就是指獨步作品有著道德上的健全特
質嗎？或者更貼切地說，他不就是輕視被視為純文學的獨步
的作品嗎？在那之後，我變得同意二葉亭對獨步的評點。像
獨步的《命運論者》，儘管包覆著黑暗深沉的影子，但我曾
經覺得這是作者幻想的產物。最近，讀了一篇刊載在某雜誌
上，詳細調查獨步生平的報導，才知道他的父親其實是養
父，生父被鎖在祕密世界裡，是獨步不為人知的煩惱。於
是，我可以推測《命運論者》展現了他真正的煩惱，得以
感受到這本小說中全新的人生滋味。除此之外，《女難》或
是《酒中日記》描繪人生苦難，但這些作品的風格卻與日
本所謂的自然主義作品大相逕庭[11]。獨步年輕時就受西洋文
學啟發，而他愛好的西洋作品，主要是華茲華斯、卡萊爾
〔Thomas Carlyle, 1795-1881〕等人的英國文學，透過二葉亭
認識了屠格涅夫，只是變得能夠玩賞情調豐富的自然與人
生，所以，我們可以說他的作品與花袋、泡鳴或是藤村、秋
聲等人的自然主義作品完全不同。

11〈酒中日記〉於1902年，〈女難〉、〈命運論者〉於1903年發表。

　　與獨步有關，在這我順手記下龍土會的事情吧。這個組織不知打從何時開始瀰漫著自然主義的氣氛，剛成立的時候並非如此。我決定引用泡鳴的小說《服毒之女》中的記述[12]，來呈現這個組織的風貌，同時透過這段引用，讀者亦能理解當時自然主義的小說是如何露骨直書自己身邊之事，泡鳴稍微改變實際的人名，卻也留有一點原來的味道，如實書寫角色的行動這點，可以當成自然主義小說的範本[13]。

　　「所謂的龍土會，主要是以被視為自然主義一派的文學家們為中心所舉辦的聚會，大抵每月一次舉行晚餐例會。幹事兩名，本月是田島秋夢以及另外一位跟他同報社的人列名。義雄（泡鳴）是此會中最忠實的常客之一，加上好一陣子未與友人見面，又有著剛付梓的著作（新自然主義）終於問世的振奮，樂意地決定出席。」「從中之町爬上檜町的高崗，就是麻布的龍土町。那裡第一聯隊與第三聯隊之間[14]有間名為龍土軒[15]的法國料理餐廳，正是龍土會的會

---

12 泡鳴於1914年於《中央公論》發表的小說，是他生涯中最重要的長篇五部作其中一部，白鳥在之後的段落會提到五部作其他的作品。

13 以下引用中的括弧（　）以及指涉之真實文人姓名，為正宗白鳥所加。

14 此處為當時日本陸軍步兵聯隊的駐軍處。

15 位於今日東京都港區六本木附近，於1900年開始營業的法式料理餐廳。

場。」「眾人終於排好席位，傳遞著日本酒的酒壺。秋夢身
為幹事，自是居於末席，他是以尖銳諷刺的短篇小說聞名
的作家。此外，出席的有寫出《破戒》的藤庵（藤村），寫
出《生》的花村（花袋），任職劇場經理的內山（小山內
〔薰〕）。還有喜好閱讀外國新作、擔任司法省參事的西（柳
田國男），西介紹來的農商務省的法學士山本（江本翼），
股票交易的掌櫃（平塚篤），工學士中里（中澤臨川），麴
町的詩人（蒲原有明），琴師笛村（鈴木鼓村），靠著漫畫
成名的杉田（小杉未醒），還有某出版公司的顧問、雜誌編
輯等等。處在這群文人雅士中，總能讓他們歡聲笑語的是田
邊獨步（國木田），但他在今年6月因為肺病死去。出席次
數不多，但同樣身為會員的眉山[16]，在獨步病逝之前不久自
殺了。眉山自殺沒過多久後，在茅之崎海岸的獨步病房裡，
大家談論著：『這龍土會的會員裡頭，誰會是繼眉山之後下
一個死去的呢？』『當然是田村（泡鳴）發瘋死掉吧，』這
牙尖嘴利的病人笑說：『這傢伙還活著的話，我可不想死
掉。』」

16　川上眉山（1869-1908），出生於大阪，原屬硯友社尾崎紅葉一派的作家，
　　後與《文學界》的成員來往，因而也列名龍土會。

「義雄說話的確差不多同樣刻薄，他後來聽起別人講到這事，想到自己曾經批評獨步的思想尚嫌陳腐。」

「花村逮到了在《文藝俱樂部》發表小說〈鳥腸〉的男子（生田葵山），說是那篇小說算不上描寫，而是拙劣的說明，有情色橋段倒還沒關係，但因為運用的是說明的手法，不免有強加於讀者身上之弊。而且，花村還嘲弄這根本是種挑釁，搞到被禁止出版，實是理所應然；藤庵則是對著某報紙的記者謙遜地請教該如何應對人生在形式上的部分才好；西、內山、中里三個人則熱中地討論著易卜生〔Henrik Ibsen, 1828-1906〕、梅特林克〔Maurice Maeterlinck, 1862-1949〕、斯特林堡〔August Strindberg, 1849-1912〕的劇本。這些各據一隅的話題卻非持續各自獨立，而是互相混淆，在長桌上此起彼落，有如織機的梭一般來來回回，義雄有時候誤讀其義，也有把那當成煩人噪音的一瞬間。」

眾人如此地在龍土會上談論新文學、新思想，形形色色，醉後的獨步曾經痛罵泡鳴，喊道：「於世道人心有害。」泡鳴被當成悖德惡漢，不只遭受外部人士的攻訐，內部也對他有所批判，但他其實是個表裡如一、直率而爽朗的男性。本來以為他藉著《耽溺》嘗到甜頭，看似打算全心投入小說創作，但卻突然在樺太開始生產起螃蟹罐頭。當

時，他被迫辭去大倉鐵路學校教師的職位[17]，失去穩定收入
來源，應該對生計有所不安吧，而且，他必定深刻體會到，
即便獲得了些許評價，光靠文筆依然難以養活妻小。儘管如
此，樺太的事業卻不是資本貧弱的他能夠維持的，他一瞥樺
太的土地後隨即折返，在北海道逗留，經歷各種苦難，這段
經歷成為他手上的絕好題材，得以創作出獨樹一幟的作品。
《放浪》、《發展》、《斷橋》、《服毒之女》等篇，純粹描寫
自我的長篇小說接二連三地問世，泡鳴文學自此樹立。既然
相信毫不避諱地書寫自己是文學的正途，那麼他的筆鋒若有
異於常規之處，也是必然之果。他總身處在貧窮帶來的生活
苦悶，加上貧窮而無法對女人隨心所欲，於是，那為了獲取
食色的奮鬥樣貌，自是露骨地在作品中呈現。而且比起其他
同類作家更加露骨且不加矯飾，根柢是他一流的人生哲學，
自成一格。如果我們說近松秋江的追求女性小說有著新內情
調，泡鳴的作品則有浪花節之趣[18]。比起低聲啜泣，泣訴不

---

17 指1900年創立的大倉商業學校，岩野泡鳴曾在此校擔任英文教師。
18 新內節是淨琉璃的流派之一，採街頭表演的形式，曲風哀愁，故事則描述
　悲情女性的人生，在花街柳巷大受歡迎。而浪花節則是以三弦琴伴奏的說
　書表演，在明治後期興盛，受到廣大庶民支持，但文學家卻相當鄙夷，多
　所批判。

已的秋江，泡鳴的確較為男性化，但這次我重讀幾篇他的作品，深有雜亂無章之感。若與最近流行的情色小說比較的話，泡鳴作品並不猥瑣，這點讓我帶著好感讀下去，但若是多看幾次此般自我暴露，不免也讓人失去耐性。

　　不管是他的「半獸主義論」，或是「古神道論」，又或是「新日本主義論」，在文壇總落得眾人嘲笑，但以當時的自然主義思想來說，他有著獨自的哲學理論，我們必須承認他的價值[19]。評論集《剎那哲學的建設》可說是論點清晰，內容最為充實之作，甚少齟齬之處[20]。「我們並不在乎作品是否擁有永恆的生命。人生整體的幻影會在某一天，某一地，某個剎那，透過特殊的描寫展現。」這其實並不像泡鳴一貫的粗糙用辭，而是一種含蓄的文學觀。日後，他反對花袋式的平面描寫論以及旁觀者態度，鼓吹靈肉合一的心熱主義、實行即藝術等觀點，「作家的態度，若不屬於我所謂的心

---

19 將人視為半人半獸個體的「半獸主義」、重新認識日本古代神道思想重要
　　性與價值的「古神道主義」、講求個人發展以促成日本國家整體發展的
　　「新日本主義」，這些思想都是泡鳴在當時的獨特主張，時而引起議論、
　　爭辯，同時也加深了一般人對泡鳴大放厥詞的印象。
20 1920年泡鳴死後出版的評論集，本書收錄了他生前各個時期的重要主張，
　　這些論述發表的時間點，橫跨將近十年時光。

熱，或是整體人格上的實際行動，便不能算得上嚴謹。作家一旦遠離態度嚴謹的主觀，嚴謹的人生描寫便不復存在。作家的主觀越是內在地深刻，越是偉大，越能夠從內部破壞表面性的技巧或狹小經驗，同等深刻或偉大的文藝因而誕生。這種主觀遠比客觀態度更為重要，於是我稱之以『破壞性主觀』。」以上這段，亦是一種含蓄的文學觀。眾人動不動就把事情平庸化，而平庸被搞得像是自然主義的本質時，泡鳴鼓吹破壞性主觀這事，值得記上一筆。然而，他的小說呈現的成果，是否真確不遜色於自身洋洋灑灑的理論？今日重讀他享有盛名時期的長篇《征服與被征服》，我覺得冗長、散漫，毫無破壞性主觀的痕跡。

我不知道從誰那邊聽到，坪內逍遙對泡鳴勇敢暴露自我的行徑感到佩服，便說給泡鳴聽，他似乎非常高興，接著便四處炫耀說逍遙也對他的小說有所同感。這點與被稱讚也不會露出喜悅的藤村大相逕庭，有其天真之處。

對於泡鳴文壇人生後半段的行動，我倆並無直接來往，我並不是那麼清楚。但他的女性對象時有變動，加上第一任妻子舉止歇斯底里，使得他的家庭混亂不休，幾乎可用永無寧日來形容，這一點，可以從他的作品窺探一二。泡鳴一方面與社會上的哲學家、文學家、政治理論家唇槍舌戰，一方

面又持續創作描述家庭混亂的小說，此般奮鬥，卻遭文壇冷笑以對。泡鳴的作品是真實的描述，比起藤村、花袋以家庭為主題的小說，泡鳴的寫作方式更加自然主義，儘管這並非正面的意義。他在評論《小說表現的四個階段》將小說表現分成四類[21]，分別是「說明性的說明」、「說明性的描寫」、「描寫性的說明」、「描寫性的描寫」，實為創見，但他認為藤村的表現方式是說明性的描寫，乃舊派手法，而花袋的表現方式則是描寫性的說明，是新舊兩派的過渡，這樣的看法卻未必正確。而且，泡鳴認為自身的創作方式，乃是描寫性的描寫，也就是嶄新的自然主義表現手法，這點我自然存疑。畢竟這次我重讀了他生涯後半的幾部作品，一直覺得那枯燥無味的描寫有所不足。不過，就算我一直這樣覺得，但在他的作品之中得以窺見文人持續過著顛倒錯亂的家庭生活，終究是因為有著把現實當成事實毫無隱諱的書寫之力。

　　「日本主義是生生不息主義[22]」、「蠢貨才要死不活」、「我腦袋如果不能運作的話，馬上咬舌自殺」等等，泡鳴的

21　1912年發表，這段時期泡鳴除了撰寫長篇小說以外，同時發表諸多論述小說創作手法的評論。

22　原文為「生生主義」，此處採取意譯。

嘴上總掛著這些大話，活著時用盡渾身的力氣過活，但如
果他能再活得久一點，隨著時局變遷，依然奮不顧身地繼
續橫衝直撞的話，會是何種驚人的光景呢？在世之時，他舉
著日本主義以及半獸主義的激情大旗戰鬥著，卻不被重視，
甚至遭到訕笑，這狀況我們旁人一直心知肚明。如果他能活
到戰爭那時，會用何種態度來面對呢？如果他能活到戰敗後
的今天，又會用何種態度來面對呢？他終究會追隨彼時的當
權者，又或是追隨現時的當權者吧？又或者，處於現在這樣
的社會裡，他已落入悲慘之境。他活著的時候，正因為被當
成唐吉軻德，眾人不當一回事，才得以安然無恙。即便屬於
自然主義思想，當權者若要徹底取締，不管是在流行當時，
又或是戰爭之中，他肯定早已遭到迫害。主張日本主義的泡
鳴，必定會在戰爭時偏袒當權者，排斥那些世界主義內涵的
自然主義者。

　　我初次見著泡鳴，是他尚未撰寫小說，剛出版了名為
《闇之盃盤》的詩集，展現頹廢風格的時候[23]。我經常批判、
責難當時的新體詩，泡鳴相當憤慨，為了抗議我，前來《讀
賣新聞》報社。當時，石川啄木也恰巧來訪，他是想要投稿

---

23 1908年出版，此時泡鳴也熱烈鼓吹全新的自然主義。

報紙，所以走一趟看看狀況，我則對這個鄉下來的年輕無名詩人毫無興趣，應對相當冷淡，想必讓他覺得碰了一鼻子灰，但對於泡鳴卻一見如故，兩人敞開心胸聊起文壇、詩壇。接著，我建議他：「有什麼想寫的話，就投稿給我們吧。」當時的他，尚無發表意見之處，自然非常高興，之後馬上帶了一篇長論過來。自此之後，借宿他人家中且獨身的我，厭倦家庭生活的他，兩人交情漸深，來往頻繁，直到我離開《讀賣新聞》為止。對於他的人生觀或文學理論，我幾乎毫無贊同之意，但在兩人的交際之中，卻也幾乎毫無心有不快的記憶，兩人時常下棋、打撞球，同樣地拙劣；他滿腔熱情，而我卻帶著冷漠，對於文學，兩人似乎也是同樣的狀況。

我見過泡鳴的元配、情婦，甚至是第二任夫人，也去過他從父親那裡繼承的房子，那裡同時提供出租[24]，我得以感受現實生活中的他們，再與作品中的角色印象相較，留心類似與不同之處，並想起花袋與秋聲的女性描寫，與泡鳴的作品做比較。以泡鳴的狀況來說，有部分是因為現實生活中的爭執較為露骨，而他的描寫粗糙，對於女性心理的觀察亦過於自我中心，可以說是作者片面的解讀。知名的作家理

---

24 下宿屋是供膳的寄宿處，寄宿者與屋主家庭同住一處。

應具備卓越的觀察眼力，但根據我的經驗，我自己的事情，
或是我自己耳聞之事，泡鳴、花袋與秋聲他們寫下來時，卻
讓人覺得並非真實樣貌，甚至有時候會想：「說這是什麼鬼
話？」不禁覺得可笑。不過，這的確是一種文學，由作者的
喜好來詮釋並不礙事，因為那展現了作者不同層面的真相，
泡鳴的小說因為呈現出泡鳴的真實一面而有了生機，那些專
斷的描寫，正是泡鳴的特色。

　　在某篇小說之中他寫到了妹妹，而且妹妹把哥哥當成偉
大人物般地尊敬。然而他的妹妹對自己的哥哥真的是這樣想
的嗎？他也曾講過我贊成他理論之類的話，這也是他的專
斷。我認為他屢屢把自己想像的事情當成現實議論，又或是
寫進小說之中，而且，不光是我這麼想。泡鳴總唱著獨角
戲，而你也能透過這點想像，身為自然主義文學家的巨匠，
他貫徹人生真相的程度。

　　自然主義作家破壞偶像的時期，流行著一種習慣，把
但丁、歌德、莎士比亞當成不具生命力且陳腐的文學，泡
鳴理所當然地抱持同樣的觀點，我亦是其中一名追隨者。
早稻田的文藝協會上演莎士比亞的《哈姆雷特》，「易卜生
研究會」對之嗤之以鼻。而小山內與左團次[25]合作的自由劇
場，之所以演出易卜生的《約翰‧蓋柏瑞‧卜克曼》〔John

Gabriel Borkman〕，腳本的選定便有著這個「易卜生研究會」的參與。儘管如此，其他成員多半無法徹底拋棄莎士比亞或歌德，不久便走回偶像崇拜的路子，但泡鳴非常徹底，後來似乎開始輕蔑他們，說道：「馬羅〔Christopher Marlowe, 1564-1593〕可不是莎士比亞那樣的蠢貨。」又說：「近松比莎翁偉大。」這些相當可笑，認為莎翁平庸也就罷了，推崇馬羅此舉是莫名其妙。如果西洋的古典乏味，那日本的古典理應同樣乏味，但他卻不提此事，這意味著徹底的程度依然不足。

　　泡鳴稍遲地從詩轉向散文，初期的自然主義重要作家，以藤村為首，獨步、花袋等人均是以詩人之姿踏入文壇。或許是因為光靠詩已無法滿足創作欲望，但光靠詩作無法生活的這點，也是他們轉向小說的主要原因吧。與這些前輩曾為詩人不同，後來才登場的我以及真山青果等人，卻是詩、歌的門外漢，不具風雅的作家，所以儘管我們以明日之星的姿態出現，作品中卻少了華麗之處、欠缺情調，書的銷售自然也不佳，出版社失望不已。

25　指第二代市川左團次（1880-1940），與小山內薰組成自由劇場，推動近代舞臺劇，同時又與岡本綺堂合作，改革歌舞伎。

　　青果最初的小說《南小泉村》描寫東北農村，在我的
記憶中，這是篇鶴立雞群之作，他冷酷而尖銳地書寫農
村與農夫的故事，酷似莫泊桑〔Henri René Albert Guy de
Maupassant, 1850-1893〕冷酷地描寫諾曼第〔Normandie〕
的農夫，毫無往後日本農民小說中存有的人道主義或社會主
義傾向。如果泡鳴提筆寫農民小說的話，應該不會寫出這種
作品。在青果為數眾多的作品中，我最推崇的便是《南小泉
村》。自然主義作家說是要描繪人類的獸性，暴露現實，但
不知道是否因為內心脆弱，又或是詩人出身，描寫總有不夠
徹底的地方。若能延續《南小泉村》的態度來描寫社會諸
相，辛辣的人世作品應能接二連三地問世，但青果也無法辦
到，在詩人轉身為小說家的自然主義作家隊伍中，他拋棄小
說，投身劇本創作。而且，他的劇本創作並非依循自然主義
的態度。

　　我與青果，以自然主義新人作家的身分，以自然派明日
之星的身分，接受文壇品評。谷崎潤一郎與長田幹彥則是在
我們之後登場的明日之星，他們的確符合明日之星一詞，均
是華麗的作家，但是，他們並非信奉自然主義。說來這自然
主義，沸沸揚揚不過兩三年的時光，正因如此，我與青果不
過是綻放不出光芒的明日之星，一閃即逝。

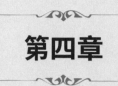

第四章

如何內省自己生存之苦，又該如何呈現出來，這些問
題在自然主義者之間沉重地飄盪。名為「私小說」的
自我告白作品，時至今日仍未在文壇絕跡，但現在
的，比起當時，態度上可是悠然自得。當時的作者，
對於他人閱讀自己的作品，多少抱持著羞愧之情。

　　夏目漱石的《吾輩是貓》這篇異色之作於《杜鵑》〔ホ
トヽギス〕連載，成為世人談論的話題時，自然主義尚未萌
芽。當他接連不斷地發表《倫敦塔》、《少爺》、《草枕》等
等風格多樣的作品，名聲響徹文壇內外，此時，另一群人開
始鼓吹自然主義，席捲文壇。站在自然主義文學的立場而
言，漱石文學可以說是敵人之一。自然主義思想興起於必
然，共鳴者亦絡繹不絕，但是，不知道是否因為此派作家鮮
少秀逸之作，小說的銷路無人可及漱石。當然，有部分的原
因是作品品質不佳，稍嫌無趣等等，另一方面國木田獨步、
島崎藤村、田山花袋等人與官學出身、曾任帝大講師的漱石
不同，他們既無官學的學歷，也並非官學的教授或講師，自
然在讀者之間的評判落於下風[1]。現在回想起來有些愚蠢，但
直到明治末期為止，世人對官學與私學價值輕重的觀感無可
動搖，漱石與森鷗外的作品不管如何，總因作者之名而得到
重視。
　　從作風來說，漱石的作品與自然主義有著無法相容之

---

1 官學指國立大學，也就是東京帝國大學，日本的第一間國立大學。相較之
　下，自然主義作家多為私立學校體系出身，如早稻田大學或明治學院，學
　歷不及夏目漱石，存在著對立的結構。

處，田山花袋、岩野泡鳴等人屢屢批判漱石，但事實上並非所有的自然主義追隨者都討厭漱石。長谷川天溪強調暴露現實所生的悲哀以及人生幻滅，但他也喜歡《少爺》，曾經寫下善意之評；我們也對《草枕》一書愛不釋手。話說如果我的記憶無誤，島崎藤村從未對漱石有所評論，我也未曾從藤村口中聽到，有關漱石的是非之評。此乃藤村之所以為藤村之處，我覺得非常有趣。《破戒》甫問世不久，在上野精養軒有場聚會，漱石與藤村均到場參加，漱石喜歡《破戒》一書，便拜託同樣出席的某人，「幫我跟藤村介紹一下」，那人便詢問藤村，據說藤村堅辭。耳聞此事，我試著去想像藤村的內心，端看解釋之法，這種作家的心理實在相當耐人尋味。

　　究竟是誰先開始這麼說的呢，我的記憶並不清晰，說是漱石文學乃低徊意趣[2]的產物，是一種文字遊戲，這話成為自然派的意見，一種定論，就連鷗外的文學，也被說是遊戲文學。坪內逍遙創設文藝協會，在大久保余丁町的自宅設立演劇研究所時，試演場正面的匾額上便寫著「遊於藝」三個

---

2 此處的低徊並非流連、徘徊之意，而是不去過度深究，抱持內心餘裕玩賞藝術的態度。

大字，據說臨摹自弘法大師[3]的筆跡，逍遙想必認為遊於藝
是戲劇的本質，也是正確的藝術觀吧。然而，花袋、泡鳴、
藤村等人卻不喜歡「低徊意趣」、「遊於藝」等字眼。花袋
在書寫時，嘴巴總掛著水火之苦，把生存的苦惱比喻成溺
水、火炙之苦，甚至還說是「扒皮」，意指在創作過程中，
感受到的是自己扒下自己皮膚的痛苦。想當然耳，藝術不是
種遊戲。泡鳴也頻頻述說苦痛的心理或苦悶的哲理。漱石在
《後來的事》〔それから〕中寫道：「要是說起討厭什麼，他
內心明白，沒有什麼比矯揉做作的眼淚、煩悶、真摯、熱
誠等等更讓人厭惡。」[4]諷刺當時的自然主義文學，不過，漱
石的這種批判卻非確當之言。花袋撰寫《棉被》、《生》、
《妻》時，又或是藤村書寫《家》、《新生》時，他們確實感
受到漱石等人無法窺知的苦痛，泡鳴或近松秋江書寫自身經
驗的時候，也感受到不為人知的苦痛。我與他們來往，所以
非常清楚。從漱石或逍遙等人的藝術觀來看，這種苦痛或許

---

3 指空海大師（774-835），俗名佐伯真魚，唐朝時以派遣僧身分赴中國學習
　唐密，之後成為日本真言宗的開山祖師，書法亦相當聞名，被稱為「五筆
　和尚」。
4 引用自該小說第六章開頭，主角代助對自己心境的分析。小說於1909年開
　始連載，當時是自然主義聲勢最為鼎盛的時期。

是一種愚昧的苦痛。自己扒除自己的皮，亦是愚昧之舉。甘願躍進濁水之中洄泳，躍入火焰之中，實是無益。一般的文學家或許會說，就以《少爺》、《草枕》那樣的態度開拓自己的藝術世界不就好了嗎？

　　但是，他們這些自然主義作家，熬過苦痛進行創作，才交出了那些作品，在日本文學史上，或是世界文學史上，皆未有前例。暴露自己的醜態，認為這是文學的正道，這卻不是生性謹慎的鷗外、逍遙、漱石等人可以辦到的事情，甚至以旁觀者的身分看著他們，自然覺得像個蠢蛋。因為最為魯直才看來不像個蠢蛋的是藤村，他最深知創作之苦、水火之惱。《家》以及《新生》可以說是當時自然主義文學目標的苦痛結晶。創作之際的苦痛，古往今來眾多作家均有所體驗，像是紅葉等人，一字一句理應都經過削骨之痛，就連才氣縱橫的漱石，或許也為創作經歷了無法安眠之苦。然而，當時的自然主義者之中，卻存在著與共通感受相異的一種特別的苦痛。如何內省自己生存之苦，又該如何呈現出來，這些問題在自然主義者之間沉重地飄盪。名為「私小說」的自我告白作品，時至今日仍未在文壇絕跡，但現在的，比起當時，態度上可是悠然自得。當時的作者，對於他人閱讀自己的作品，多少抱持著羞愧之情。

　　近松秋江說他自己並不是自然主義者，他的作品比起我稍遲才獲得認可，富含情意纏綿之趣是他的特色，批評家也就不把他視為自然主義一員，但此時回首觀之，我堅信他的作品，可以歸類為自然主義。在暴露自我的這一點上，他的作品堪稱鶴立雞群。《給離去妻子的信》是成名之作，在這之前，他在《早稻田文學》發表了短篇《餐後》，這篇可說是他的處女作，德田秋聲對我讚賞過這篇作品[5]。小說中主角，也就是作者，一邊聽著同居女性談起過去與男性的回憶，另一方面卻描繪他不堪嫉妒的心境，而秋聲那陣子的作品之中剛好也描寫了類似的心理，我們對於描繪與自己相同經驗的作品共鳴、感到有趣，是種普遍的讀書心態。秋江很早就推崇秋聲的小說技巧，私下也進而深交，但因為他本姓「德田」，總被人誤會德田秋江是德田秋聲的親人或是門人，只好搬出自己過去崇拜不已的近松門左衛門，冠在自己雅號[6]前頭。以上是我的推斷，但這推斷不會有錯。

　　儘管秋江聲明自己並非自然主義信徒，但卻與此派的主

5　〈餐後〉雖於1907年發表，但這段時間秋江主要撰寫評論，成名作〈給離去妻子的信〉則是1910年的作品，分四次於《早稻田文學》連載。

6　明治時期的知識分子如文學家、畫家等，鮮少使用本名，署名時通常使用自己選擇的風雅名諱，稱為雅號，逍遙、漱石、藤村等等都是雅號。

要人物交情深厚，樂於拜訪人的他，有著頻繁拜訪各方文壇
人士的癖好，就連漱石府上也時常登門打擾。於是，他曾經
在某篇文章寫道：「漱石家中，門生聚首談笑，和氣藹藹，
而自然派的人們只要湊在一起，便要爭個面紅耳赤。」泡鳴
讀到這段文字，大表不平，說：「漱石的朋友們把秋江當外
來之客，自是客氣應對，怎會拿這種事來比較兩邊。」花袋
的文章中曾經提到：「把〔齋藤〕綠雨身上的嘲諷拿掉，就
是秋江。」不識綠雨的我，讀了這段也能想像綠雨的個性[7]。
綠雨經常拜訪他人，把東邊耳語送至西邊，又把西邊耳語
傳至東邊，不免遭人厭惡，秋江也有相似之處。儘管我不善
社交，但在橫跨半世紀的文壇生活中，不免與形形色色的人
有所接觸，我最熟知的文壇人士，應當就是這位近松秋江。
透過雙親、弟妹、妻以及幾位親戚，我好不容易才了解人為
何物，若是要談及文壇知交，則是靠著秋江，我才了解人是
什麼。學生時代的他，遭到同窗輕視，進入文壇後，為了生
活資金掙扎，依然被雜誌編輯以及友人看輕，不當一回事。
他熱切追求的那些女性也是，並不把他當一回事。在我的眼
中，他那可悲的一輩子，扮演著沒有價值的生命，微不足道

---

7 這段敘述，白鳥在本書第八章會再次提及。

的存在，但是，你若仔細端詳，卻會發現事實並非如此。打
從學生時代直到後期，他一直有著夢想，儘管事與願違而心
有煩憂，但卻能持續做夢，這可說是一件幸福的事。他那以
「離去妻子」揭開序幕的數篇愛欲小說，不管是《疑惑》，
或是《黑髮》，盡皆清楚地展現了他糾纏不清、優柔寡斷的
本性[8]。這糾纏不清、優柔寡斷之處，正是他作品的特色，但
其實在藤村、花袋身上也能看到糾纏不清、優柔寡斷，並不
稀罕，但卻只有秋江不像他人苦心思慮、運用理智，而是單
純地暴露糾纏不清的事實，這點與藤村等人有所不同。我好
幾次聽能言善道的他談起《疑惑》素材的現實故事，一開始
覺得有趣，後來不免生厭，而且不光是我，連其他朋友也這
麼說。藤村等人一定不會像秋江這樣，隨便抓個人，就把那
樣見不得人的內心話掏出來。想想自己，假設我有了與秋
江相同的經驗，必然不會像他那樣毫無保留地寫下來。因
此，我懷疑藤村的《家》、《新生》是否隱藏著應寫而未寫
之事。我記得藤村曾經針對泡鳴說過：「不管什麼事都赤裸

8　〈疑惑〉為1913年，〈黑髮〉則是1922年發表的作品，或指1924年出版的
　　《黑髮》，這個版本收錄了〈黑髮〉以及另外兩篇系列作品，將章節統一為
　　一至二十三章。〈疑惑〉描寫主角尋找不告而別的妻子，懷疑她早與他人
　　有染。

裸地寫出，並不盡然是件好事。」秋江的書寫，定然並無保
留，畢竟他所寫的，全是自己經歷的事實。如同藤村所言，
赤裸裸地什麼都寫，並非優秀的小說作法，因此，拙劣的作
家要是以這種方法寫，可能會交出不堪卒讀的作品，但就秋
江的作品來說，他不客氣地信筆寫下事實，同時展現了抓住
讀者內心的筆法。在一個個場景的描寫中，他同時把「我」
這個角色的心理動搖細膩地描繪出來，在描寫娼妓或其他女
性時，也比藤村、花袋等等不解風情的作家更加出色，比之
於永井荷風、谷崎潤一郎等正統的女性描寫，反倒在質樸的
筆法中讓女性更加活靈活現。秋江經常舉出實例，談起秋聲
描寫絕佳之處。

　　在這裡，我試著提出一個文學鑑賞的問題。認識作家的
人物原型，是會讓閱讀更為豐富，或是反會阻礙正確的鑑賞
呢？泡鳴作品中的女性，有兩三位我經常碰面，但我自己卻
無法從她們身上感受到絲毫魅力。而且，在讀泡鳴作品時，
對這些人物的認識，會讓他的作品像是散文，失去情調，大
殺風景。就連秋江的「離去妻子」，亦是我熟識的人物，閱
讀之中一邊想到當事人，一邊看著作品中細緻描述的人物行
動、言語，的確有些樂趣，但在同時，他居然固執地對那樣
的女子糾纏不清，讓我心生厭惡。不過，這文學鑑賞方式僅

限於我嗎？

　　儘管秋江靠著對女性沉溺之作獲得認可，但他自己卻厭惡這事，心中真正想寫的，是像瀧澤馬琴[9]那樣的東西，或是歷史小說。人們總是喜歡不適合自己的東西，所以秋江費力寫成的《水野越前守》，自是不值一提的作品[10]。自然主義作家將精力擺在私小說上，但身為作家，他們卻無法光靠著描寫自己或身邊男女來滿足創作欲望，便會插手私小說以外的類型，花袋就寫了源義朝以及其他幾篇歷史小說，藤村在晚年也寫了《黎明之前》、《東方之門》等作。上了年紀，便想要寫歷史題材，這點可以說是日本作家的天性，森鷗外、幸田露伴晚年亦是投身於歷史小說。如果漱石長壽一點，或許他也會著手歷史小說的創作吧。從早期《倫敦塔》的成果來看，他在歷史小說的世界，應該也能開拓新境地[11]。

　　原本即非社交人士的漱石，隨著名聞遐邇之勢，門生簇擁，還得被形形色色的各方人士登門叨擾，但是透過與欽佩

9　指江戶時代的小說家瀧澤馬琴（1767-1848），作品以《南總里見八犬傳》
　　最為知名，白鳥在本書第九章會提及馬琴的日記與小說的關係。
10　秋江於1931年連載，同年出版的歷史小說。
11　漱石剛開始創作小說時所完成的短篇，以留學時期參觀倫敦塔的經驗，加
　　上英國歷史題材。

者的來往，想必他也感受到了生存的喜悅，如同秋江窺見而寫下的，漱石一門對於恩師有著濃厚敬愛，師徒之交，必然和樂融融。然而在自然主義作家的世界中，便無門生齊聚一堂、談天說地的光景，不管是花袋或藤村，似乎都無法號召幾個稱得上門生的青年文學家，即便是在自然主義全盛時期，此派的重要人物也並非身處於歡騰且耀眼的環境之中，相形之下，漱石看起來就像是享受著熱鬧且華麗的藝術之境。

　　龍土會之事，已於前章論及，屬於自然主義系統的作家會聚在一起，大部分都是靠著這個每月舉辦的聚會。名義上雖然不是特定主義作家的集會，純屬各種領域的好友相見、暢談，不過在自然主義興盛時期，便也呈現該主義的面貌。秋江曾經煞有介事地說道「自然主義誕生於龍土會的菸灰缸」，這見解或有幾分道理。小山內薰也是這個龍土會的常客，他關注新時代思潮，經常談及飄洋過海而來的新作的讀後感。後來柳田國男等人提議，在龍土會這種游樂的聚會之外，何不來點認真的研究，便以神田的學士會館為會場[12]，舉辦研究會，名為「易卜生會」，除了花袋、藤村、泡鳴、

---

12 學士會原為東京帝國大學校友聯絡感情的組織，後擴大範圍，成為舊制七　間國立大學的校友會性質之組織，現存之學士會館為 1928 年建造。

蒲原有明、長谷川天溪以外，我與小山內都曾參加。大抵而言，這是個鼓吹自然主義之徒，或是有所共鳴的人的聚會。於是，眾人一同冷笑後藤宙外以「初遇國詩」為題，極度讚美那陣子露伴發表的新體詩（該是《出廬》那一類的作品[13]），或是批判早稻田大學的文藝協會選定莎翁的《哈姆雷特》作為新劇運動的第一步。與其把老舊的莎翁作品搬來日本，真正該做的是嚴肅地介紹易卜生的戲劇，這是與會成員一致的意見。當時，小山內正與左團次合作，規畫自由劇場，最初之所以決定上演易卜生作品，正是易卜生研究會的貢獻。這些易卜生會的會員在物質上與社會上均不具影響力，卻在無言之中，扮演著推手。選定《約翰·蓋柏瑞·卜克曼》，不就是因為藤村在小山內面前暗示性地提到這篇作品嗎？無論是藤村，或是其他會員，他們都不會自大地干涉戲劇演出，但在閒談之中，藤村應該說過，這篇晚年的劇本有著老人與青年的內心暗鬥，值得玩味。小山內採用了這個意見，自由劇場的第一次演出便獲得成功[14]。坪內逍遙就

---

13 露伴於1904年連載的長詩，當時被視為落伍的舊時代作品。

14 1909年11月於東京有樂座上演，由森鷗外負責劇本翻譯，左團次扮演主角卜克曼，此劇上演的光景，在鷗外的小說《青年》亦有描繪。

說，年輕演員剛起步的新劇何以選用易卜生晚年作品？實是難以理解。但這齣卜克曼，卻讓新時代的年輕觀眾感動不已。

我們可以說，自然主義盛行文壇，而戲劇界出現自由劇場，以西洋的翻譯作品為主，日本的新作也採用全新的表現方式，兩者步調合一。儘管左團次的演技並非絕妙，但他仍嘗試了擺脫舊俗的自然主義演出方式。小山內在某一次的易卜生會上談起剛讀畢的作品，契訶夫〔Anton Chekhov, 1860-1904〕的《牡蠣》，小說的內容是有個少年享用牡蠣料理，但這是他的第一次，不知道該怎麼吃便連殼一起吃掉了。小山內舌粲蓮花，我們倍感新鮮，不禁聽得入迷。後來，我們又聽他說了《櫻桃園》的故事，最後一幕在砍倒櫻樹的聲音中結束，彷若有著東洋風的餘韻，相當有趣，這新式戲劇帶來了震撼感受，甚至覺得，這比易卜生還更具新意。當時自然主義系統的作家以及評論家如何接受西方近代文學呢？首先，透過二葉亭四迷的翻譯很早就接觸到屠格涅夫的小說，此外，後來閱讀加內特女史〔Constance Clara Garnett, 1861-1946〕英譯本的作家也不少。藤村也應該是在小諸時讀了《獵人日記》，在自然描寫的部分受到相當大的啟發。還有，靠著紅色書皮的劣質英譯本，許多人讀

了莫泊桑的短篇，而他的短篇集很適合拿來翻譯，賺點零用錢，也被自然主義的末流作家當成創作範本。比莫泊桑更進一步，福樓拜〔Gustave Flaubert, 1821-1880〕以及龔固爾兄弟〔Edmond Huot de Goncourt, 1822-1896, Jules de Goncourt, 1830-1870〕的作品獲得重視，花袋等人讚揚龔固爾兄弟的印象描寫。那時，巴爾札克〔Honoré de Balzac, 1799-1850〕被當成通俗小說家，沒幾個人讀過他的作品；斯湯達爾〔Marie-Henri Beyle, 1783-1842〕、布爾熱〔Paul Bourget, 1852-1935〕等人的心理描寫之作，也不被重視。不過，波特萊爾〔Charles Pierre Baudelaire, 1821-1867〕或是魏爾倫〔Paul Verlaine, 1844-1896〕，又或是愛倫坡〔Edgar Allan Poe, 1809-1849〕等等，眾人不明所以地加以推崇，是件怪事。欣賞外國文學，無論是什麼時代，總有混沌之感。只要某個有力人士讚美，便會有多數人跟著附和。即便是自家文學，也會因為讀者不同，有著不同的感受，外國文學更是如此。杜斯妥也夫斯基的《罪與罰》很早被介紹到日本，有部分早在明治二〇年代便有翻譯，一開始被當成偵探小說，後來才被當成深刻無比的人生小說熟讀玩味。如此一來，不管是「遊於藝」，又或是「如實描繪人生」的小說觀點，其實輕如鴻毛，真正稱得上文學極致、小說高峰的乃是《罪與

罰》。

　　話雖如此，當時以花袋為首的自然主義一派作家們卻認為，杜斯妥也夫斯基的作品稍嫌誇張，遠離事實，與我們的自然主義不同，乃是邪魔歪道。就連漱石，不也討厭杜斯妥也夫斯基嗎？因為那並不符合日本的文學口味吧。反之，我們爽快地接受了托爾斯泰，《戰爭與和平》、《安娜・卡列尼娜》這樣大部頭的長篇有著眾多讀者，他們模仿俄國青年作家的口氣，感嘆說道：托爾斯泰何其偉大。而他特別的短篇作品《克魯采奏鳴曲》、《伊凡・伊里奇之死》被視為自然主義作品的典型，奉為圭臬。眾人認為，關於愛欲、死亡，如此簡潔而深入人心的作品，在近代文學史中極為稀有。就連秋江在書寫時，也說他把《克魯采奏鳴曲》當成範本，《疑惑》的結尾有一段：「我一邊覺得火車的前進讓人不耐煩，邊把臉朝向窗外，怕被人看見地劇烈痛哭。」──這段便是模仿了托爾斯泰。

　　不過，儘管托爾斯泰如此探討、思索瀕死凡人的內心世界，深刻描繪，但在結局之處，他依然靠著獨特的基督教觀點，給予光輝亮麗的解決。托爾斯泰那延續至《克魯采奏鳴曲》的獨特禁欲式解決辦法，亦是相當徹底。然而，當時我們自然主義的特色，是人生問題的未解。大部分易卜生劇本

的結局保持懸宕未解，因此被推崇富有深意，那時自然主義者的心境，可以透過島村抱月《懷疑與告白》這篇評論一窺究竟[15]。抱月寫道：「我左思右想，現下的我們處理人生問題真正能做到的，不過只是懷疑與告白而已。迄今為止，人們過於相信——過於相信他人的思想，或過於相信自己的思想。或許擁有相信且依賴的思想，對追求平靜的一生來說，是件幸福之事，但時勢已讓此事變得毫無可能[16]。立於此般現世，我們能依賴誰，把主宰自身整體生活的問題交給他呢？何處存有足以讓我們徹底服從的單一思想？我們只能回望自己現在的內心，為這紛亂吃驚。若欲開口道出真相，只能如實告白這內心的紛亂光景而已。在這之上的所有思想，都與所謂的我，這唯一的真髓有所距離。儘管那也確實是一部分的我，但卻是有著破綻的我。我想，充實的我，只到懷疑、未解此處為止。我聽著他人說理，有著真實權威的部分以及人為虛構的部分，兩者劃分的界線亦然在此。」接著，抱月針對人生問題，敘述自己未解的結論：「對現下的我而

---

15 1909年9月於雜誌《早稻田文學》發表，是本書第二章白鳥亦有引用的抱月評論〈代序：論人生觀上之自然主義〉續篇，相較於前篇是接近抒情的筆調，本篇評論則以綿密的哲學演繹相關論點。

16 白鳥此處的引用省略了論述實例部分，直接跳至下段。

言，不管是宗教或哲學，真正流著鮮血的，僅是那抱持懷疑的部分。然而，懷疑永遠不會是終點，既然停駐於此，必然存有以某種方式、某種程度探究終點的努力或是期望。就算過往的經驗告訴我們，真正的終點恐怕是種不可知的存在，但我們仍急促地想要一探究竟，這種心情不因時代而有所增減，而這不得不急的情由，又是世界的根本。探究不可知，這個悖論即是造化之神祕。」對於抱月此論，我們深有同感。

　　托爾斯泰、杜斯妥也夫斯基的作品儘管有著探究不可知的強烈力道，但兩位巨匠的解決方式，卻無法引起日本自然主義者的共鳴，抱月所謂的「懷疑與告白」，代表著彼時自然主義的真正特質。站在這樣的立場觀察的話，秋江《疑惑》等作，儘管作者自己不見得有這種意識，卻算是自然主義作品的典型之一。因為，身為主角的「我」懷疑起妻子的去向，耗費心力試圖為疑問尋找解答，並如實地告白整個過程。這種對人生產生懷疑，探究懷疑，進而告白的文學作品，懷疑越是深刻，作品越能綻放光芒。漱石初期的作品之中，便沒有懷疑或告白這種陰鬱而不入流的暗影，然而，他卻在幾年後開始撰寫報紙連載小說，比起那些屬於濫竽充數的自然主義者，他的作品卻蘊含著更強烈的懷疑。國木田獨步是位多情多感的詩人，他在《病床錄》寫道：「余介立於

蒼茫無極之天地，俯仰亙古今，與大自然相對，顧自己隻影之時，如今更不堪吾生之孤獨、荒涼、不安，欲藉某神祕之力，此情至切也。」[17] 此般感傷的詩人文字，讓人聯想起初唐詩人陳子昂於山上所詠的有名五言古詩：「前不見古人，後不見來者。思天地之悠悠，獨愴然而涕下。」這與彼時自然主義的懷疑感受、孤獨感卻有不同。片上伸想像獨步倒臥病床不起的心境，描述他苦思的內心，寫道：「內心虛弱的獨步，畏懼著大自然的力量，現實生命脆弱，不斷流轉變化，便想找到自己得以安心的某個地方。但是，把那脆弱而不斷流轉變化的現實生命拋開，我們能寄託內心的安住之處又會在哪？」我們可以窺見獨步未解的孤獨感，但在他的作品之中，卻沒有頑強而深刻地寫出懷疑孤獨的感慨，而是詩人風格的感傷，有著如同浪漫主義者夢想一般的傾向。所以，以當時正統自然主義的態度來說，獨步的多數作品會是不同的風格。直到他晚年的作品《疲勞》、《兩個老人》、《竹門》等篇，才可見自然主義傾向[18]。當然，我們不需要把

---

17 本書1909年由新潮社出版，是獨步死前臥床之際口述，由作家真山青果筆記而成的語錄。「亙古今」的部分，原書中為「亙千古」。

18 〈疲勞〉為1907年，〈兩個老人〉、〈竹門〉為1908年發表的短篇小說，獨步於1908年6月病逝。

文學家硬塞進某個主義的框架中，對獨步來說，無論是浪漫主義者，或是自然主義者，其實並不重要，這只不過是因為我現在寫的是自然主義興衰史，才如此拘泥。

「簡而言之，萬物逝去！不復存，爾等不復存——過去已然垂暮，今亦然！哀戚哀戚，我心哀戚。」[19]

他的一生，便是如此感受、如此詠嘆而慟哭的吧。

文學上的黨派之別，與政黨的黨派之別相異，就算被眾人歸類為同一派別，仍是展現出各自不同的作品風貌。獨步、花袋、藤村等人各異其趣，而漱石門下的年輕作家的作品，也有一些可以算得上自然主義之作。像是森田草平的《煤煙》[20]，若是他不在漱石門下，小說會被歸類為自然主義作品，當事人或許也會就此滿足。這樣一想，文學的黨派之別，實是含糊恣意。

那些枯燥無味、陰森森的自然主義作品接二連三地問世，讀者開始感到病乏，這時永井荷風自法國返國，迅速地發表了色香俱全、富含情調的作品，自然主義者只能瞠目結

---

19 此處是引用獨步的詩作「秋日夕陽」，白鳥以破折號省略此詩中段，此詩描繪落日不論古今反覆西沉。

20 這是森田草平以自己與平塚雷鳥殉情未遂事件為題材的告白小說。

舌。不過，荷風並非深深厭惡自然主義，敵視此派作家，他很早就讀左拉的小說，也發表像《地獄之花》這種模仿左拉的作品，要加入自然主義者的行列也不成問題。返國後，他與小山內來往也與泡鳴接觸，在我負責的《讀賣新聞》文藝專欄也刊載了《西洋音樂界之近況》等長文，但評論家將他劃為與自然主義不同的享樂主義文學，名聲迅速竄升，在文壇有了獨特的重要地位，再加上透過鷗外與上田敏的推薦，荷風擔任新創刊的《三田文學》編輯主任，一舉成為一派之首，自然有了認知，行為變得像是自然主義反對人士。

不過，自然主義的其中一個根據地《早稻田文學》，每年依照慣例會選出前一年度的推薦作家，在明治42年度〔1909〕的作家與作品中，卻選擇了荷風與他的短篇集《歡樂》。漱石門下的評論家阿部次郎等人針對此事，批判早稻田一派的態度，說是站在自然主義的立場讚揚荷風不合邏輯。相馬御風等早稻田派的評論家群起辯解，看來卻有些理屈詞窮。當時的自然主義，在社會上已走向衰退之路，論點也已經不被看重。我那時覺得，早稻田一派算是砸了自己的腳，根本無須強詞奪理地把荷風拉到自然主義這邊。如同抱月讚揚藤村的短篇小說《壁》卻反遭藤村訕笑一般，自然派推崇荷風，反而可能讓荷風一派不知如何是好。抱月雖然聰

明，但也有過於老實的一面。

　　灰濛濛的自然主義者越是在文壇不分老少地遭到厭惡，豔麗的荷風越是獲得讚揚。荷風醉心於左拉、莫泊桑，對西洋的自然主義有所理解，對日本的自然主義作家並非完全不帶好意。大體而言，荷風風靡一世，在他嶄露頭角後不久，谷崎潤一郎、長田幹彥先後登上文壇，自然主義亦隨之衰退。那些無論是什麼時代總是附和雷同的文學青年也就離開了自然主義，開始對所謂的享樂主義作品抱持憧憬。獨步在茅之崎的南湖病院死去，那是明治41年〔1908〕6月的事情，前後數年之間乃是自然主義的全盛時期，之後自然主義的聲勢急轉直下地衰退，一瀉千里。因此，或許有人會說：「自然主義不過是一時的節慶狂歡。」但事實絕非如此。表面上失去聲勢，喧囂的正反激論逐漸止息，附和者亦遠去之後，真正淋漓盡致的自然主義作品才正要誕生。這個應起而起的文學運動，不可能如此輕易地消逝。

　　藤村撰寫《家》，秋聲撰寫《黴》，花袋與泡鳴亦逐步成熟，秋江、上司小劍，又或是加能作次郎等新人作家，也交出各自獨特的自然主義風格作品。而且，就連漱石、鷗外這樣的自然主義反對者，不知不覺中，他們亦寫出受到自然主義影響的作品，此事耐人尋味。

第五章

多數人的一生充滿艱難，所以花袋、秋聲、泡鳴等
人，他們描寫人生真相的自然主義作品，同樣記錄著
人們形形色色的艱難生涯，不過，我想藤村《家》裡
頭可見的生活繁瑣、苦悶，比起其他作家的更加老練
沉穩，沒有虛浮之處，也沒有操之過急，他對著生存
苦惱凝視再凝視，接著靜靜地嘆一口氣。

　　過去歌頌青年之夢、吟詠少時熱情的詩人島崎藤村，從詩作轉往散文，變身為探究人生真相的小說家。《嫩芽集》柔和清麗，我們幾乎無法把這作品跟他晚年的小說放在一起。但是，藤村憂鬱的作品之所以獲得青年讀者支持，並且深受尊重，乃是因為初期抒情詩作緊緊擄獲了讀者內心。藤村詠處女六人成詩，云：「少女應走的夢中之途／大致我已走過／讓我回望此生行路／眺望所踏山河／平靜的江戶川／我生於蜿蜒流過的岸邊／河岸櫻花樹影下／我來到及笄之年／大河中紅嘴鷗浮浮沉沉／注入的支流河畔／綻放白花地丁的嫩草／好似經常做夢的我」[1] 他的詩句多情惹憐，但作者後來拋棄了純真夢想，開始凝視自己所經歷的現實人生艱難原貌，並如實地描繪成文學作品。自然主義作家以田山花袋為首，不管是岩野泡鳴或是近松秋江，又或者是德田秋聲，甚至是一些末流作家，他們都以作品的形式來告白自己一生行路。不過，我想沒有任何一個作者可以像藤村這般秩序井然，徹底地書寫自己幼年到晚年的生涯。如果你接連

1　藤村《嫩芽集》中〈處女六人〉中一部分，小標題為「おえふ」，此處白鳥引用此詩前半三分之一。整首詩為女性口吻，講述自己在宮廷或貴族家中服侍的一生。

閱讀《記年少時代》〔生い立ちの記〕、《櫻桃成熟之時》、《春》、《家》、《新生》等長篇，你的眼前將會清楚浮現，一個個體的人生，而明治大正時代則是背景。藤村在《破戒》後撰寫的首部自傳體小說，洋溢著抒情氣氛，但下一部作品《家》則嚴肅地描寫世事，是自己周遭的細膩現實紀錄。我過去便認為這篇小說是自然主義的代表作，此番重新再讀，感受更為深刻，它讓我思考了許多事情。

　　參照年譜，藤村在明治42年〔1909〕著手撰寫《家》上卷，下卷於隔年脫稿，冬子夫人亦在當年逝世[2]。我對這部長篇的回憶，是我擔任《讀賣新聞》編輯，負責文藝題材的時期，奉著上級命令，前往淺草新片町[3]拜訪藤村，請託他撰寫連載小說。我一如往常地貿然開口，他亦是一如往常地用著沉重的語調，加上那喜怒難分的態度，應允我的請求。我問他：「稿酬怎麼算？」他回答：「跟天外先生差不多。」當時《讀賣新聞》付給小杉天外的稿酬，是最高檔次，一次連載五圓。事情談妥，我跟他一起外出，走進附近的小公園，兩人在長凳上坐了下來，小聲地講著兩人都不感興趣的

2　1910年8月6日，藤村第一任妻子冬子生下四女柳子後死去。
3　現在東京都台東區柳橋附近。

閒話。

連載的小說正是《家》，我記得，沒有插圖。明明花袋的《生》、幸田露伴的《滔天浪》〔天打つ浪〕都附了插圖，可是我卻不記得《家》沒有使用插畫的理由到底是什麼。不論有否插圖，這篇小說，並未受到讀者歡迎，甚至沒有在文壇引起注意，當年的我也未曾好好閱讀。報社上層似乎並不在意評價好壞，但在連載期間，老社長逝世，而新社長決定進行改革，連帶小說連載也被迫中斷。因為我也遭到免職，自然不了解實際狀況為何，後來《家》只有前篇在報紙刊載，而後篇則以《犧牲》為題，發表在《中央公論》上[4]。總之，這部長篇無法吸引報紙讀者實是理所當然，就連我要進入這篇作品，也需要相當的精力。

與撰寫《破戒》的態度不同，作者在《家》這部作品中，並不使用小說的筆法，而是忠實地揭露己身體驗，是一種不顧讀者感受的態度。這是平凡人日常生活的點點滴滴，自然同樣的場景一再出現，而且有著眾多細瑣、無趣亦無味的事件，就連我也不禁覺得，這是「如實」主義下的自然派

---

[4] 《家》先是在《讀賣新聞》連載一百十二回，下卷分兩次於隔年的《中央公論》上發表，之後藤村再自費結集成一冊單行本出版。

小說弊端。不過，儘管有些過於貼近事實卻無必要的敘述，這種毫無矯飾的人生描繪，有著得以深入讀者內心的力量。《家》是如實描寫日本傳統的家族主義真相之作，作為一篇歷史文獻，便有流傳後世的價值。主角三吉，也就是島崎藤村，帶著新婚的妻子，前往信州小城的一間私塾擔任領受低薪的教師，在那裡度過自青年到壯年期的數年時光，但他無法安於這種鄉下教師的貧困生活，因而立志上京，從事著述，整個過程會是讀者感興趣的內容。但是，如果你只是個一般的小說愛好者，對島崎藤村毫無興趣，把三吉當成虛構的故事角色閱讀，樂趣恐怕只會剩下一半。三吉這位青年的過往相當悲慘，讀者便會明白，三吉，也就是《嫩芽集》、《落梅集》等詩集的作者年輕時的生活相當悲慘，接著與作者一同踏上人生旅途。三吉的往日時光，大部分是其他兄弟並不瞭解的，因為長兄「實」的失敗[5]，讓他在少壯之時必須守著老家好一段時間，那時遇上了許多艱難，內心晦暗，只覺自己死不足惜。在三吉稍稍覺得黎明即將到來之際，共嘗辛酸的母親卻撒手人寰[6]。此處的艱難一詞，是藤村在小說或

---

5 《家》中描寫的小泉一家兄弟分別為：實、森彥、宗藏以及主角三吉。長兄實因為投資失敗，兩次入獄。

6 此段為《家》第三章的直接引用。

是感想中屢屢使用的語彙，實際上我們讀著藤村一篇篇的自傳小說，生存的艱難會沁入我們的心底，我們會發現不管選擇了什麼方向，艱難均以人類的姿態埋伏著。多數人的一生充滿艱難，所以花袋、秋聲、泡鳴等人，他們描寫人生真相的自然主義作品，同樣記錄著人們形形色色的艱難生涯，不過，我想藤村《家》裡頭可見的生活繁瑣、苦悶，比起其他作家的更加老練沉穩，沒有虛浮之處，也沒有操之過急，他對著生存苦惱凝視再凝視，接著靜靜地嘆一口氣。

　　三吉既達婚齡，兄長從中斡旋，訂下婚事，接著為了養活家庭當上了偏鄉教師。婚禮翌日，實哥馬上開口：「三吉，宗藏就拜託你了，你這次下鄉，就帶他一起去吧。」宗藏是三吉兄長的其中之一，是病人，也是家裡的麻煩人物，三吉才剛成家，沒想到馬上來了這道難題。雖說後來好不容易拒絕病人託付一事，但兄弟親戚之間的瑣碎關係牽連不斷，這種日本自古以來的風俗，也就是所謂家族成員之間的互相扶持，在這部小說之中無法讓世界更加光明，反倒給我們陰暗之感。因為那些反覆的請求協助，近似脅迫。我們出生於傳統世家，所謂的「家」不僅僅是人類居住的房屋，而是精神上的存在，先祖以來的亡靈定居於此，同時也是家族那些活著的人們內心與內心糾纏之處。在藤村的《家》中，

相關人物的羈絆，比起一般狀況更加複雜，因此，這篇小說濃密地展現了日本傳統「家」的光景。

　　三吉夫婦在鄉間開始新婚生活，借居的屋子後頭有塊石礫眾多的荒地，他們自己荷鋤開墾成菜園，種植豆類、馬鈴薯、蔥苗等作物。等到這塊田裡的豌豆莢長出複葉，馬鈴薯也發芽的時候，新的家一點一滴地有了雛形。到了暑假，妻子阿雪的妹妹也從東京的宿舍搬到此處，新的家庭似乎順利地度過和樂融融的每一天，三吉卻在某天偶然發現妻子的祕密信件。那是妻子寫給往日思戀對象的回覆，於是，三吉又開始煩惱不已。儘管《家》打從一開始就放棄嘗試讓讀者興味盎然的小說技法，但這種小說式的事件自然發生，吸引著讀者。這的確是世上司空見慣的事情，但對當事人卻是種精神上的重大打擊。身為藤村化身的三吉，背地裡煩惱著，甚至考慮離婚，說是：「如果可以的話，我願意盡媒妁之勞，成人之美。」這種想像，可以說正代表著藤村的個性，他也因此被指責態度與言行十足裝模作樣、偽善。

　　年輕時，經歷了離家、漂泊或是對於死亡的想像等等，這在他的第一本自傳體小說《春》之中亦有敘述，但是他想：「我還年輕，世界上還有許多我並不知道的事情。」帶著無法拋棄的應死之命，回到一度逃離的傳統家中。從這刻

開始，他積極地想要體驗此生之艱難。艱難也隨即到來，像是「兄長入獄」、「家庭破產」、「家姊患病」、「母親死去」等等，他學到的都是那些或許無須知曉之事。於是，他對老舊的「家」絕望，把一絲希望放在新的「家」上頭，於是，他想著自己來開拓只有自己的生涯。話說回來，在他離開東京之前，朋友談起結婚，告訴他：「有趣的不過剛開始的百日而已。」恰巧在這差不多快百日之時，三吉壓根沒想過自己會想親手毀了這個家。不過，並非妻子冬子真的做了必須歉疚的事情，這個事件的結果反而是三吉屢屢討妻子歡心，然後一邊討人歡心，一邊鬱悶罷了。事情並未有所進展，不像小說也不像戲劇，一般的小說讀者自然會覺得不夠深入，但事實既然如此，作家便難以加油添醋，而這正是本作得以稱為自然主義作品的根本理由。

　　不久之後，孩子出生了。然而，三吉想要理解女性的想法轉強，隨之而來的失望也就越多。他甚至一度想著，乾脆突然回到過往那漂泊時代的心情，拋家棄子、離家出走。在這樣的情緒之中，他剛好聽到一則消息，說是有個名叫曾根的婦人，一生奉獻於音樂，來到附近的避暑勝地輕井澤，便起了會面之意。但是，妻子卻不喜歡丈夫稱讚這種女性，三吉曾經感嘆：「為什麼這些女性無法變成朋友。」曾根來

到三吉家中拜訪一兩次，而三吉則有一次瞞著妻子到輕井澤拜訪曾根。劇情到了這裡，自然地漸漸像是一篇小說，藤村的短篇小說《水彩畫家》，便是將當時遭遇小說化的作品。此處的心境近似於霍普特曼〔Gerhart Johann Robert Hauptmann, 1862-1946〕的《寂寞的人們》，而《寂寞的人們》是當時自然派作家深愛的共鳴之作，「中年之戀」甚至成為文壇的流行詞語，主要是因為自然主義核心作家們的年歲大抵三十過半，厭倦平凡的家庭生活，夢想著全新戀情。《水彩畫家》中，對那盡心於家事的平凡妻子，有著相同的厭倦，男性總是對知識或藝術領域有所積累的女性抱持愛慕之意，但《水彩畫家》是篇小說化的作品，《家》卻沒有這種小說化的技巧，敘述自然地呈現出小說氛圍，人生的風味更加飽實[7]。

　　三吉瞞著妻子到輕井澤拜訪曾根一事傷了妻子的心，成為夫婦間爭執的火種，「讓我回娘家」、「我們一家就散了吧」等等，風波不斷，這樣的事情並不難想像。但是，有趣的是，藤村對女性有著強烈興趣，愛慕女性的心思多少也為

---

7 貼近「自然」，也就是原貌的小說敘述方式，反而比作者刻意小說化的作品更能展現人生真實，這是白鳥獨到的文學價值判斷標準。

這艱難的生活灑上色彩，所以才會有人把這個長篇當成小說閱讀。浮生要事，不過女人、金錢，在這小說中，兩者貫穿首尾。「某天他在學校接到女傭拿來的電報，是東京的兄長實打來的，上頭寫著即刻送款，而且，對鄉間教師三吉來說是筆不小的數目。三吉一邊想著縱使身為兄弟，這近乎命令的金錢索求電報到底有何意義，一邊回到家中。他不清楚詳細狀況，東京那邊有點讓人擔心。他覺得小泉一家的未來，覆蓋灰暗的烏雲。三吉說這無法拒絕，他的一生並不存在著其他選擇。阿雪也不忍心，便同意把父親叮囑得拿來應急的重要款項匯去東京，於是三吉出門辦理電報匯款。」[8]

　　不過，到了12月[9]，兄長再次發了電報來。三吉心想這也太快了，但是身為弟弟，理應盡力，做到自己能做到的，即便不是全額，也得匯一部分過去。所以，三吉決定把花了三個月寫成的稿件賣掉。這篇小說之中，金錢上的困難接踵而至，而藤村用他獨特的方式凝視這金錢上的困難，有錢便能解決問題。三吉接到另外一位兄長的通知，得知實大哥再次入獄，也才明白實哥這幾次電報的原因。這樣一來，實哥的

8　此段引用第七章，白鳥在中間省略了：「總之，他可以想像，兄長若不是真的困難至極，不會如此要求。」
9　原作為「11月」。

家人，也就是妻子和兩個女兒，加上託人照料的病人宗藏，只能靠三吉和二哥森彥照顧。夫婦兩人覺悟，生活將會變得更加艱難。後來，二哥森彥需要錢的時候，三吉是如此深切地自白說道：「我經常在想，無論是你，或是我，我們兄弟這一輩子不為人知地努力，而那些辛勞要說成就了什麼，大抵都還給了自家人。」這樣的家族制度，真的是好的嗎？這篇小說，便是對著讀者呢喃，舊有的家族制度必須改革。三吉對著兄長訴說：「不管走到哪，我們每個人不都還是背負著過去的家嗎？」在許多層面來說，日本都是背負著這種過去的家庭邁步前行。

　　三吉的姊姊阿種在這篇日常生活小說的舞臺登場之後，局面有所轉變，小說式的光景隨之出現。阿種從火車車窗匆匆一瞥三吉一家之後下山，丈夫達雄一路從東京送到國府津，她再自己一個人搭船抵達伊東，不過丈夫離開東京居處之後行蹤不明，阿種不得已只好住在伊東的溫泉旅館數月。在這個段落，藤村離開了三吉，描寫阿種身邊發生的事情，所以，此處並非自然主義特有的「私小說」[10]，

10「私小說」就語意上應譯為「我小說」或是「自我小說」，這個名詞在大正末期才固定下來。

違背了泡鳴強力主張的一元描寫主義[11]。藤村用想像安排這些從兄弟、親戚以及阿種本人聽來的素材,描繪出另外一紙俗世畫卷。但這裡的敘述、描寫有著苦澀的痕跡,死氣沉沉,不如三吉在場的那些細節活靈活現。三吉出場,透過三吉眼睛所見的細節,即便描寫的是瑣碎平凡的日常生活,卻有著真實的光芒。在同一本小說之中,「私小說」元素比起想像的部分更為傑出,除了證明作者缺乏想像力的創作才能,我們同時也可以看出私小說的力道所在。拘泥一元描寫,的確會讓文學變得狹隘,但沒有什麼比親眼所見、親耳所聞更為具體,以此為據,進而描寫人生,這對一般作家來說更加踏實,較不容易出錯。我們姑且不論擁有天馬行空豐富想像力的天才,因為那種作家在近代日本未曾現身,未來出現的機率也不高。儘管我推崇島崎藤村是自然主義作家的首席,但他的想像力是何其貧乏哪。

　　阿種進入三吉的視野之後,開始有了生氣;阿種的兒子正太,以及媳婦豐世一同登場後,小說的世界變得更廣。這篇作品出現的眾多女性之中,或許因為阿種上了年紀,加上

---

11 岩野泡鳴在大正年間提出「一元描寫論」,認為小說只能有單一視角的描寫,引起論戰。

精神問題，描繪得特別出色。藤村並不是個擅於描寫女性的作家，筆下的妻子冬子，不過是個生孩子、盡心家事的一般日本女性罷了。她畢竟追隨著一個把艱難放在嘴上、寫在紙上並忍受著艱難的丈夫過日子，這連旁人也會為當事人覺得可惜，心想：「這就是一般日本女性的一生嗎？」根據年譜，完成《家》下卷的那年，冬子死去。若是依據《新生》的描述，她結婚十二年，一共生下七個小孩，在第七次生產的時候出了問題，因此撒手人寰。如同多數的日本女性，她生下許多孩子，你可以從這位女性身上看到的，是女性不過是生子、養子的存在。《新生》如此寫道：「孩子的爹，請相信我、請相信我！——園子（《家》的阿雪）把臉埋進他的手臂裡哭泣時的聲音，仍在他的耳際迴響。岸本（《家》的三吉）為了聽到妻子的這句話，花了十二年的時光。園子並不像生於富裕家庭的大小姐，她能吃苦，生性勤勞，擁有許多能讓丈夫幸福的優點，可是她也帶著使得丈夫強烈嫉妒的粗心大意，一起嫁進岸本家中。當岸本發現自己的視線聚焦妻子身上太多時，已經太晚了。花了十二年光陰，好不容易才跟妻子真心相對，卻在聽到這番話的時候，園子已經到了生命的終點。」對悲慘的當事人來說，她有著人生的未解遺憾。阿種則是無法割捨、拋棄自己的丈夫，厭惡被弟弟

等人當成寡婦，她口氣強硬地說：「變成寡婦，不會有半件好事。」三吉說：「說起來，沒什麼比年輕守寡還更麻煩的事，但是，上了年紀的寡婦就不一樣了吧，不就是卸下重擔，得以安心過日子了嗎。此事或許因人而異，但我覺得，到了姊姊這樣的年紀，當個只需掛心孩子未來的寡婦是最好的。」姊姊卻不以為然，回答道：「那你當當看女人。」這樣的回答並非因為她有精神上的問題，我想這是意義深長的一句話。根據之後的自傳性作品《新生》的描述，三吉，也就是藤村喪妻後，對著書房的牆壁想著：「啊，卸下重擔了，卸下重擔了。」接著敘述心境寫道：「岸本這種毫無虛假的感嘆，與哀憐園子正值大好年華卻早逝的心情合一。失去妻子的時候，岸本想的是不要再次重複同樣的婚姻生活，兩性相剋的家庭，已經讓他學乖了。」儘管事情卻非如此發展。他對著姊姊阿種說：「變成寡婦，卸下重擔，得以安心過日子。」但自己變成鰥夫之後，卸下重擔的平靜卻無法持續太久，終究陷入再次背上重擔的困境[12]。即便像是《家》的三吉，又或像是《新生》的岸本這種深思熟慮、裝模作

---

12 藤村在喪妻以後，與前來家中幫忙的姪女發生關係，甚至讓她懷有身孕，
　　這是小說《新生》的核心情節。

樣、把自己的家想像成修道院的男性，現實生活卻不會順著
他的意，人類本能的力量，是難以動搖的。

　　在《家》後篇之中，阿種的兒子正太，也就是三吉的外
甥登場，扮演著要角，作品也有了些許讓人眼睛為之一亮的
活力。就自然主義性質的私小說而言，若非作家身邊發生耐
人尋味的事件，又或是有趣的角色登場以外，小說很難變得
有趣，是件麻煩的事。有別於《破戒》時期，藤村壓根不考
慮在自己的自傳性作品中插入讓讀者雀躍的有趣虛構情節。
因此，若是少了外甥正太，這部長篇或許會變成更加灰暗之
作。雖然正太是三吉的外甥，但年紀不過只差兩三歲，他也
有著代替拋家棄子的父親善後的責任，儘管他過去經常覺
得：「家這種事情一點也不重要。」但舊有的家庭傾倒毀壞
之時，他仍積極地投身於漩渦之中。藤村這部長篇的課題是
「家」，目光集中在家與人之間的聯繫。

　　為了營生，正太成了股市交易員。身為交易員，也就馬
上依循社會風俗，在藝妓之間打轉。三吉也被外甥帶著，數
度踏入歡場，但他不過只是旁觀，無法讓自己主動且積極地
享受這個世界。有一部分的根本原因是經濟上的困難，另一
部分則是性格所致。與正太同行的榊，領著三吉來到某間
房間，打開拉門，說道：「橋本君，來到這種地方享樂啊，

重要的還是……」正太還沒等榊說完,接口說道:「錢!
錢!」榊抓著正太的肩膀,搖了他好幾次,像是在說:「沒
錯!沒錯!」

　　同一陣子,三吉放棄了偏鄉教師的職位,離開信州山林
來到東京,在近郊家中專心寫作。三個孩子相繼死去,而完
成的作品讓他獲得名聲,他將居處從近郊搬至鬧區,身為作
家的地位也益加穩固。正太對著料理店的女侍問:「我看起
來像哪一行?」或說:「我們這兩人剛開始搞股票,剛出爐
的,炙手可熱!」女侍便回答:「什麼,你們是從兜町大駕
光臨的嗎?從那裡來的客人,總是跟姊姊們好熱鬧呢。」[13]
正太他們不過就是會為這種話高興不已的窮酸交易員,而在
實際生活中,作家才是真正必須過著窮困生活的人。即便是
在自然主義全盛時期,身為此派領頭地位的作家,藤村在物
質上依然困乏,讀這篇作品亦可見一斑。某次三吉必須負擔
姪女阿俊一部分的結婚費用,又得為了生病的兄長拿出生活
費,他盯著自己工作室泛黃牆壁上的光線,內心想:嘴巴上
說著工作、工作,但自己如此汲汲營營,卻不過只是為了家

---

13 東京日本橋兜町,現屬東京都中央區,是代表日本的金融中心,明治時代
　　在此地開設了東京證券交易所。

人苦幹罷了。

　　不過，這篇小說之中，有個不該輕忽的重要細節：一家
尚在近郊生活，妻子阿雪帶著孩子以及女傭，暫時回北海道
娘家的那段時間，三吉內心有了動搖。那發生在某個晚上，
是個草木蒼白模糊如煙的夜晚。他帶著姪女阿俊，從養雞所
旁步入自己鍾愛的樹林小徑，沐浴在月光之下，愉快地走
著，可以依稀聽到不知何處傳來的蟲鳴。這時，不可思議的
力量讓他突然握住了姪女的手，他抗拒不了，只好開玩笑地
說：「這樣一起散步，是不是很奇怪？」阿俊卻是一臉信任
不疑的樣子，用著平常的口氣說：「叔叔不就這樣嗎？」從
那天起，三吉盡可能躲著姪女，但越是躲藏，反而陷得越
深，甚至覺得遭到羞辱，他無法看著姪女的眼睛卻不帶著苦
痛。不知為何，那些不知道是毛髮出汗還是身體溫度所散發
出的、原本無法察覺的些微氣味，現在鑽進了他的鼻端，只
要一聞到這樣的味道，便不知不覺地被這無罪之人所吸引。
事情若是繼續這樣下去，他不禁擔心起自己，後果肯定不堪
設想，「我只能逃」，最後，三吉發出像是狂人般的聲音[14]。

---

14 這是《家》下卷第三章的主要情節，三吉在妻子回娘家的這段期間，感受
　　到姪女對他的強烈吸引力，而正太的同業榊，亦是在此章登場。

　　我們讀者邊讀，一邊惴惴不安，希望阿雪早點回家。於是，「我回來了。」阿雪抱著孩子種夫，走下人力車，這時讀者鬆了一口氣。就連三吉自己也聽著孩子美味地吸著乳房的聲音，想著：「正是時候，阿雪終於回來了。」而這段期間負責家務的阿俊兩三天後也就回到自己家去，但她那如電的目光像是在說：「我看清叔叔的另一面囉，心裡可很清楚三吉叔叔是個怎樣的人。」這點三吉無法忘記。因為家族生活而被綁在一起的人們，他們微妙的、陰雲密布的、無法言述的關係──叔姪、表兄弟姊妹、連襟妯娌──這重重地壓在他的胸口。

　　兄弟姊妹，抑或是親戚之間，自發地或是被強迫地互相幫助，或許是家族主義的優點，但糾纏不清的關係，卻也可能帶來不好的結果。家族親人在狹小的世界中糾葛牽扯，彼此苦惱，是這篇小說讀起來的感受。正太對交易員工作的理解過於幼稚，下定決心卻無法成功，搞得得請叔父三吉畫押借款。這樣的正太，最後在名古屋病死。接到這個嫻熟外甥死訊的盛夏蒸騰夜晚，三十三歲正逢厄年而且第七次懷孕的阿雪，一邊躺著一邊跟丈夫閒話家常，談著兩人過去的許多回憶，三吉邊說：「阿雪，幾點了啊？應該快天亮了吧？」邊起身拉開擋雨門，屋外卻還暗著。

　　「屋外卻還暗著。」這是藤村此部長篇的最後一句話。
然而，讀畢掩卷，你卻找不到光明的解決辦法，讀者依然被
包覆在憂鬱的情緒之中。「奮力地想活下去」，這些角色全
都過著各自的艱困人生，讓我能有深刻的共鳴。作品中的三
吉兄長宗藏，是個麻煩的病人，周遭的人恨不得他趕快入土
為安，但就連這個角色，也是現今社會裡的典型角色，吸引
著我們。「說真的，宗藏那傢伙是個麻煩，因為是人，才能
那樣活著，這如果是動物，老早就被吃掉了。」「就算並不
想活，但只要活著就必須活下去，宗哥也是過著痛苦的生活
啊。」「不，首先，他的認知是錯的，廢人的話，就該像個
廢人般老實，照著大家意思去做，但他卻動不動反過來咬人
一口，搞得讓人無法照料。」「我愈來愈不懂，我們這樣幾
乎花了整輩子的心力幫助親人，到底是好事還是壞事。」[15]

　　既然活著就必須活下去，煩惱源自於此。這部小說頑強
地描繪出，出生在木曾山中的一個家族，踏進社會，掙扎著
如何生存的過程，並非讀來興味盎然的作品，但卻讓人感慨
良深。自然主義的確帶來不少弊害，但像是《家》這種明治
時代的自然主義作品，並不具備流傳後世的價值嗎？藤村的

15　此處引用是《家》下卷第五章，三吉與森彥談論宗藏的部分。

知己，中澤臨川所寫的《家》序文中提到：「若要將作者與
外國作家比較，找個風格相似的人的話，最接近的應該是屠
格涅夫吧。」他認為兩者從生活狀態以至於情感的表現極其
相似，儘管都是寫實主義者，但內心卻是個詩人。然而，至
少《家》並不是一篇模仿屠格涅夫的作品，比起屠格涅夫的
每篇小說，《家》富含著更多的真相。如果小說是為了取悅
讀者的物事，那麼《家》之類的作品算不上優秀，但我們應
當尊重如實書寫人生的作品。我認為，《家》這樣的小說若
是擺在世界級的傑作旁，不過只是個畢恭畢敬地喘息般的微
小存在，但是，儘管微小，卻屹立不搖，沒有變質的那一天。

　　關於藤村的自傳性作品，他在《家》之後撰寫回顧青少
年時代的《櫻桃成熟之時》，之後又寫了《新生》。藤村出
發前往法國是夫人逝世後三年，也就是大正2年〔1913〕3
月，而這趟西方之旅，在文壇是個熱門話題；《破戒》的撰
寫當時是個熱門話題，西方之旅則有過之而無不及。他自己
也是相當痛苦的吧。甚至有人驚嘆他總有異常之舉，說是藤
村平時寡默，但行為卻常常讓人大吃一驚。花袋滿心感動，
依依不捨地一路跟到箱根[16]。儘管藤村想要遠離友人，但還
是有許多人圍繞著他，即便不論作品價值，他是明治時代以
來的文學者中，最有人望的作家。後來《新生》問世，真相

大白，這時讓不少人驚覺這趟旅行其實是為了逃避責任，自然對這矇騙後悔不已。但是，作品《新生》拯救了他。過去山田美妙因為對女性的行為違反道德，遭到文壇冷落，但冷落的真正原因是，美妙的才能已經衰退[17]。《新生》的自我告白，並不像《破戒》主角的告白那般，是創造的產物，也不像花袋《棉被》那般，過於天真。以上，是我嘗試解說自然主義文學的最佳代表作，《家》。

<hr>

16 當時藤村計畫自神戶搭船前往歐洲，所以必須先從東京新橋搭乘火車前往神戶，花袋除了到新橋送行以外，還與藤村一同搭火車至鎌倉，並在箱根的溫泉旅館住宿一晚，才告別。

17 山田美妙與自己的女弟子田澤稻舟結婚，但隔年離婚後隨即再娶，使得稻舟選擇自殺，輿論因而大肆撻伐美妙的行為。

第六章

其他自然主義作家們似乎比我更為深刻，更為貼近事
實地敘述自己的原貌及身邊光景，但是，我相當懷
疑，他們的作品真的徹底地呈現了事實嗎？那應該剔
除了對自己不利的部分，而且在不知不覺中對那些自
己描繪的角色做了專擅的詮釋吧？追根究柢，小說
是一紙虛幻，不管是《水滸傳》或是《基度山恩仇
記》，不管是藤村的《家》或秋聲的《黴》，在虛構
的程度上，可以說只有五十步與百步的差別罷了。謊
言之中有著真實，真實之中又藏有謊言。

　　自然主義初期，德田秋聲並不被歸類為此派作家。尾崎
紅葉門下，泉鏡花、小栗風葉、德田秋聲、柳川春葉四位號
稱四天王，但秋聲的風格打從一開始即是樸實老成，不像風
葉或鏡花那般炫目，亦鮮少被拿來品頭論足。直到他在《讀
賣新聞》發表《雲的去向》，評價不壞，那陣子他採用的是
通俗小說的寫法[1]。鏡花是個特別的作家，幾乎不受時代新思
潮的影響，相較之下，風葉則對新興自然主義抱持關心。
剛開始，秋聲並非積極地傾向此派的文學之作，看起來也
不像有所打算要加入此派陣營，但是，他天生的素質適合
自然主義，無須費力便搭上時代的便車，開始創作出此派
的文學作品。明治41年〔1908〕，他受《國民新聞》文藝
方面的責任編輯高濱虛子之邀，發表了《新家庭》〔新世
帶〕，在他的作品之中，頗有耳目一新之感。《黴》這篇則
是獲夏目漱石推薦，於《朝日新聞》刊載，這位作家靠著這
篇小說，鞏固了自己一流小說家的地位，就連漱石門下的弟
子們也推崇這篇小說。這些人對田山花袋、岩野泡鳴的作品
多所反感，但對少有論戰的秋聲似乎抱持好意，讚美他那淡

1　本篇小說1900年8月開始在《讀賣新聞》上連載，直到11月，是秋聲的成
　　名之作。

淡的寫實之妙。若將特例鏡花除外，新時代的文壇人士以及
讀者，漸漸地拋棄了紅葉以及門下作家、作品，反倒是一開
始名不見經傳的秋聲獨自獲得世人注目，時局的變化，實是
難以預測。

　　秋聲並非勤勉努力型的作家，但他為了生計，持續地寫
了許多報紙連載小說。他似乎寫不出真正受讀者歡迎的作
品，但在那樸實的寫法之下，飽含人生況味，因而有了刊載
的價值吧。我在擔任《讀賣新聞》文藝欄編輯時，開始刊
登他的小說《凋落》，近松秋江寫了篇批評投稿到報社來，
大意是：「從剛下筆寫就只有凋落之姿，毫無意趣。」我以
「沒有理由在我們的報紙刊載針對我們報紙所刊小說的惡評」
為由，拒絕刊登。話說回來，《黴》、《凋落》等等，秋聲
老是下這種殺風景的標題——當時自然主義作家的作品，大
多陰暗而潮濕，秋聲的作品，也多是沉重的內容。國木田獨
步在茅之崎的醫院說過：「我們病人啊，可不會想讀秋聲君
的小說，那種死氣沉沉的東西。」自然主義作家的作品，即
便文壇給予好評，但仍無法取悅讀者，想來也是理所當然。
藤村的作品之中，存在著思想傾向，亦包含了戲劇效果，得
以讓容易覺得無聊的讀者產生興趣；秋聲的小說如實地書寫
平庸人物的日常平庸生活，卻是僅止於此，不具意圖的作

家，不具意圖的作品。不具意圖儘管不是件壞事，但有時候卻被束縛在這種毫無氣力的狀態，我們讀了，便可能覺得不夠緊湊。

　　《足跡》是這個作家尚未被視為自然主義作家時在《讀賣新聞》發表的作品，當然，讀者反應冷淡，也未引起文壇的注意。然而，平淡的客觀描寫帶來的妙趣，或許是秋聲作品中表現最為突出的。作品中描寫的角色是平庸的女性，描寫的社會是平庸的社會，而世上愛好小說的讀者，肯定不會喜歡這樣的小說。花袋似乎看到這篇小說中實踐了自己主張的平面描寫，因而推崇這是超越《黴》的傑作——的確，《足跡》，又或是森鷗外晚年的歷史小說《澀江抽齋》[2]以及其他許多同類型的作品，或許可以說是自然主義作品的模範。秋聲在改造社出版的圓本[3]所收錄的後記[4]告白道：「我是個非常懶散的人。」「我對自己的創作並無自信，像是我

---

2 森鷗外於1916年發表的歷史小說，描寫江戶時代末期的醫師澀江抽齋（1805-1858）。

3 出版社改造社在1926年開始出版日本文學全集，每本定價一圓，目標是薄利多銷，卻創造了相當可觀的銷售量，讓其他出版社也爭相效法。

4 原標題為〈著者的話〉，收錄於1928年出版的《現代日本文學全集第十八編》。

無法事後回顧自己的創作，所以，重讀自己的作品，是多麼令人討厭的事。」他又寫道：「就算是寫進稿紙後，我也不會重新再讀一次。」自我厭惡，這的確存在於某部分自然主義作家的內心，像我，就有同樣的感受。並不想寫，但為了生活，或是為了自我的發展，才奮力提起筆來，這樣的情緒，我也經歷了無數次，卻沒有什麼靈光乍現而振筆直書的經驗，秋聲的作品，同樣地幾乎找不到來自靈感的產物。花袋的作品平庸，頭尾翻遍了，你也找不到有如神來之筆的亮點，但那沉溺於感傷情緒而不住淚流之處，還算得上是有了藝術興致，讓筆桿也動了起來，這點卻是秋聲沒有的。儘管我並未讀過他所有的作品，無法妄下斷語，卻也能推斷，那種天外飛來一筆、陶醉其中的書寫，並非秋聲的路子。

　　《足跡》以外，《爛》、《粗暴》〔あらくれ〕、《奔流》等等，這些描述市井庶民生活的客觀之作，可以說是秋聲獨特的小說領域。然而，大部分的作品並非鮮明地表現不同的音趣，因而在人物的描述、對話的進行方式存在著許多類似之處。我們不能只說他以恬淡之筆如實地活描世間百態，即便是秋聲，也有著固定的描寫模式。不論古今，多數的作家透過各自的模式製作出自己的作品，而非屢屢突破固定的模式，有千變萬化之妙。因此，儘管秋聲在《足跡》、《爛》

等正統小說中確立了自己的領域，卻也透過《黴》這篇初
次嘗試記錄己身經驗的小說，找到了自己能真正發揮的世
界。起步較晚，卻超過了原先領頭的花袋等人，成為「私小
說」的代表作家，漸漸地，作者自己也就安於「私小說」的
世界。我過去曾認為，坦承自己懶散的他，並未多想就變成
了鉅細靡遺地寫起自己的日常生活、無須耗盡心神的創作態
度，不過，若我們注意到他曾經強調「自然主義的莊嚴」[5]，
或許他也發現了「私小說」極致中的莊嚴吧？懶散的秋聲得
以達到此般境界，是件意味深長的事情，他曾經提過，「私
小說」以外的作品，不過只是通俗小說罷了。

　　其實，不管作品如何傑出，能為我們帶來感動的，《足
跡》等作品都不如以《黴》為首的自我小說──像是《未解
決》、《小木桶》、《牙痛》[6]等等，描寫自己苦惱的經驗或是
當下作者的心境，深切的人生況味因此活靈活現。不過，

5　德田秋聲於1935年前後開始使用這個說法，他認為在畢卡索的繪畫以及紀
　　德的作品中可以感受到同樣的莊嚴之物，而這正是自然主義文學發展至極
　　致的目標之一。學者大杉重男認為這種莊嚴其實是一種拒絕回歸自然、對
　　傳統莊嚴的一種抵抗。

6　〈未解決のままに〉，1925年4月發表於《中央公論》，〈風呂桶〉1924年8
　　月發表於《改造》，〈歯痛〉1928年1月發表於《中央公論》。

秋聲的「私小說」之中，私小說的弱點以及缺點亦是數不勝數，像是過於自以為是，又或是角色使用Ｋ氏、Ａ氏這種友人名字的第一個字母，讓讀者想像究竟指涉何人，或許干擾了渾然一體的藝術鑑賞。若要追求徹底的「私小說」，大可以全都使用真正的姓名，只是一旦寫下真正的姓名，筆鋒不免有所顧慮，藝術自然無法獨立，可是這麼一說，使用Ｋ氏、Ａ氏也會讓人有所顧慮吧。事實上，不管是秋聲或是藤村，他們都會對筆下的Ｋ氏、Ａ氏有所顧慮。

　　這讓人想到小說的人物原型問題。藤村很早就因《舊主人》、《水彩畫家》、《行道樹》而引發這種問題，作家究竟是否該把友人的行為一五一十地寫進小說之中呢？依據事實書寫己身，自然會把周遭友人的事情也寫進作品之中，這點，算是世界文學史上的特異現象，儘管西方也有不少以友人為原型的作品，但那使用方式卻與日本大相逕庭。在日本，翔實地把友人日常的言行寫進作品，是小說創作方式的常態，作家、讀者、評論家均不以為意。在西方，有人被寫進作品，憤慨那侮蔑的寫法，因而對該作家提出決鬥之約。在日本，的確有作品打從一開始就不懷好意地使用人物原型，但是文壇卻不會將此事視為悖德之舉，令人不可思議。

　　田山花袋多次在作品中寫到國木田獨步或是柳田國男。當然，文字帶著親暱，帶著好意，有時也帶著敬意，但被寫進小說的人卻覺得不太舒服，想到那些有的沒的瑣事也變成了小說，應該覺得有些厭煩。自然主義運動如火如荼的時期，龍土會一群人在日本橋的餐廳藏多家舉辦年末餐會，酒酣耳熱之際，柳田突然用罕見的高昂口氣對著花袋抗議道：「諸位，田山君把我說過的，關於樺太的事寫進小說，但那都是錯的。除此之外，我有著日常自由生活的權利，入侵我的生活，還把那寫成文字，這點讓人甚為不快。」花袋低頭沉默，會場的眾人也沉默了片刻。我同意柳田的感想，志賀直哉曾在某篇隨筆寫道：「無論是褒獎或是惡語，只要是他人寫的自己就難以承認。」人類的心理大概就是這樣吧。話雖這麼說，不用人物原型，或是顧慮人物原型的話，活生生的作品便難以問世，自然主義態度寫成的作品也就不復存在。即便是自然主義以外的作家，一旦對人物原型有所顧慮，寫作必定會變得困難才是。因此，不管時間過了多久，這個問題似乎依然無法解決。

　　秋聲的短篇小說中，被稱為「客廳文學」的作品占了多數，翔實地描繪庶民的家庭生活。自然而然，身為同居人的夫人頻繁地在作品中登場，舉手投足展現的是一種賢妻的典

型。「我覺得坪內先生是個通俗作家，而且是就積極意義來說，」藤村對我這麼說之後，接著又說：「德田君很會描寫家庭生活，你不難理解他跟妻子長期的相處，可是對妻子的愛卻有所不足，作品中必須要有更多的愛情。」這主要是藤村針對《黴》的感想，卻是深中肯綮的批評。文壇很早就把秋聲當成熟知人情世故的叔伯之輩，他是個不具狂熱、耽溺性質的作家，但不管是抱月或是秋聲，人不可貌相。如果秋聲夫人長命百歲，夫妻同居直到人生終點的話，那麼秋聲耽溺女性的作品就不可能出現，我們也會失去這個層面的秋聲文學。小說作家的實際生活非常重要，並不是光靠天分與努力就能寫出聞名的作品，大部分都與人生境遇密切相關。

　　紅葉門下秀才之中，柳川春葉成功地當上通俗小說作家，但卻是同輩中最早逝世的一位；小栗風葉有所感觸而退隱鄉里，亦是未老即已撒手人寰；作風迥異的泉鏡花以及德田秋聲兩人，卻得以在文壇開花結果。鏡花曾經受到自然主義壓迫，稿子找不到發表的地方，據說他是這麼說的：「用藝妓來比喻的話，自然主義就是不挑客人，我們得靠藝來過活才是。」這的確像是鏡花會說的話。《新小說》的編輯主任後藤宙外標榜「非自然主義」，組織團體，找來鏡花加入，舉辦了攻擊自然主義的演講等活動。據說秋聲在春陽堂

遇到宙外時，宙外批判他的態度，質問道：「你沒有必要加入自然主義陣營吧？」秋聲當時只是聽著，事後回想起來，難忍不快，便寫了封信抗議。這好險是來自於宙外的批判，如果紅葉山人並未早逝，我們可以想像他的門徒之中，秋聲的立場最為險峻。幸田露伴能夠靠著學者身分維持自己的名聲，但紅葉卻是個純粹的作家，所以應該體驗過不得不追隨時勢變遷的苦惱，而且，他盡可能保持著封建制度的師徒關係，想必無法忍受門徒被文壇器重而凌駕恩師的狀況吧。在文學、藝術的世界之中，被時代拋棄是一件痛苦的事情，被弟子超越又是一件憾事，據說花袋晚年就曾感嘆道：「我討厭走下坡。」

　　秋聲不費功夫就讓作品掌握住自然主義的精髓，眾人說他技巧老練，佳評如潮，但卻不受一般讀者歡迎，在悠長的文壇生涯之中，並未有光鮮華麗的時期。自然主義文學家盡是些與豪奢、華貴生活無關的人士，這是因為這條路上沒有出現過傑出的作家呢？還是並不符合日本的國民性呢？儘管藤村有著許多醉心於他的讀者，但這些人乃醉心於新體詩的人們，小說家藤村的崇拜者也就來自於這個系統。鏡花作風獨樹一格，喜好鏡花小說世界的讀者儘管是少數，但卻是一群強烈的支持者。然而秋聲等自然主義系統的作家，儘

管有愛好的讀者，但似乎不像鏡花的讀者一般傾心。就這點而言，身為藝術家的鏡花可說是相當幸福。我與秋聲來往甚密，得以接觸到他那與藤村、花袋、獨步、泡鳴等新時代文學家不同的文人氣息與偏好。秋江曾經說過：「風葉或秋聲的小說，描繪世事並不會像漱石或藤村那樣拘泥於紙上邏輯，才讓人覺得有趣。」泡鳴則對我說過：「秋聲沒這東西。」一邊用手指敲了敲自己的腦袋。我曾經與德富蘆花見過一次面，他稱讚地說道：「秋聲君、春葉君都是從學徒開始琢磨的，自然表現不俗。」秋聲的小說沒有目標，沒有生存的意圖，沒有人生觀。自然主義的夥伴們也會說，作品之中只有技巧。甚至他們也會認為，儘管表面看不到影子，但硯友社系統的陳腐依然沉積在他的內心之中。儘管如此，他卻不像其他同輩文人那般陷於瓶頸，遲緩地持續書寫到最後，這終究是具備了天賦的才能吧。在與同輩的聚會中，他很少表示對文學的意見，也沒有表現出凝神傾聽他人意見的樣子。他並非讀書人，不像是大量閱讀古今東西作品的作家，而且，也似乎沒有作家真正感化、影響了他。他從其他作家那得到的最大感化，不過只是田山花袋等人展現「如實書寫自身生活」的自然主義寫作方式，如同世人受啟發的程度。獲得了寫作方式後，其餘只靠自己的喜好發展。他說過

年輕時候喜讀饗庭篁村[7]的作品，也說過《八犬傳》[8]只讀到犬山道節火遁之術的段落。我們兒時深愛的傳奇小說，他絲毫不感興趣，以此可以推測他對文學的興趣與嗜好。秋聲未受恩師紅葉感化，也非師法任何西洋作家。

　　秋聲在夫人逝世後，生活型態改變，作品內容也隨之轉變。他如此敘述自己當時的心境：「不如說我像是將目前為止的生活全部拂拭，化身成另外一個不同的人。」「妻子突如其來的死摧毀了他的生活，儘管那多少讓他得以免於家庭帶來的窒息，卻也讓他有了像是斷了一邊的翅膀，瘸了一隻腿那樣，生活諸多不便，儘管只是暫時的。首先，他必須為了人世的無常、橫陳於幸福跟前的陰暗陷阱而戰慄。」此般困境卻因為遇到一名女性，「正要癱倒在地的他，突然被拉上走向天界的鋼索，表演是如此危險。」「那深不可測、分不清明暗、也分不清是恐怖或是愉悅，彷彿窺伺了地獄入口一般，無法歸類為絕望或安穩的任何一邊，他的心就那樣懸宕在黃昏時刻寂寥的天空，好不容易靠著一名女子支撐了他

---

7 饗庭篁村（1855-1922），早期繼承江戶時代的風格撰寫小說，後來著手翻譯西洋小說，並在《朝日新聞》擔任戲劇評論家，研究江戶文學。
8 瀧澤馬琴的小說《南總里見八犬傳》的略稱。

日益萎縮的生命衰敗。」《舊枝》正是這個轉換期的作品[9]，我相信這是秋聲後期作品中的代表作。沉溺女性所生的苦惱，與鉅細靡遺書寫的近松秋江作品有相似之處，喪失了前期秋聲作品獨特的平靜，但卻讓人物的心理動態有了活力，行動也有了生氣，因而具備了《足跡》、《爛》等作品沒有的意趣。父子們與新女性之間交錯行動的描繪，加上對話一來一往之妙，在秋聲作品之中可以說出類拔萃。不過，從《舊枝》開始的同一系列作品，過多黏膩、濕軟之處，讀著讀著，有些也讓我反感。這個作者年輕時就帶著老氣，邁入老年後才開始跳起舞來，接觸形形色色的女性，看起來像是返老還童，但那並非內心真正充滿年輕的活力。他在花甲之年的祝壽會上致詞時曾經感嘆「身處老後之難」，在某篇感想中則說：「老境亦有老境之憂，但悅樂較多。」接著說明道：「這是因為生活慾望漸漸減少，心情同時也變得能夠享受生活。」但他的心情真的如此超然嗎？讀他晚年的作品，我一點也沒這樣的感覺。他又說：「老年的不幸是友人的消

9　原題為〈歸返舊枝〉（「元の枝へ」），秋聲於1926年妻子死後發表的短篇　小說，妻子死後，女弟子山田順子住進秋聲家中就近照料他的生活起居，　同時成為秋聲的戀人，此後秋聲寫出將近三十篇以順子為主角的作品。

逝，又或是死亡的接近，但對生活於大自然之間嘗盡寂寞的
人來說，那並非什麼巨大的悲傷。」但他真的抵達了這樣超
凡的境界嗎？我抱持懷疑。無能大徹大悟，不正是秋聲的特
色嗎？花袋晚年亦有皈依宗教的意志，藤村亦在撰寫《東方
之門》時像是擺著一副頓悟的臉孔，而自然主義也在這裡走
進了死胡同嗎？

　　秋聲、秋江、泡鳴等人與我深交多年，我對他們的日常
生活了解甚深，讀起他們的作品，對他們的實際生活又有更
多的了解。

　　他們屢屢將自己的行為與心理作為小說材料，自己啃噬
著自己的身軀而活。花袋與藤村看起來也是一樣，把自己做
過的事一五一十當成材料。特別是這些自然主義作家他們複
雜的女性關係，在書寫時毫不避諱，文學史上是史無前例，
就連夫妻之間的事情，這些人也是鉅細靡遺地寫下來。然
而，這種如實書寫的方法、毅然地為了記錄事實的描寫手
法，究竟有多徹底呢？正因為我認識現實人物，經常對照著
小說中的人物，佩服他們描寫得如此巧妙，卻也會懷疑事實
的邊界在哪。即便是我，他人說我經常如實書寫自己或身邊
的事情，但事實上我卻不如他們所想的那般自我告白，也不
是那般露骨地描繪自己的所作所為。儘管並非有意以假亂

真，但我不會寫不想寫的事情，有時候則是亟欲書寫事實，卻在不知不覺中遠離了事實。

那麼其他作家的狀況呢？其他自然主義作家們似乎比我更為深刻，更為貼近事實地敘述自己的原貌及身邊光景，但是，我相當懷疑，他們的作品真的徹底地呈現了事實嗎？那應該剔除了對自己不利的部分，而且在不知不覺中對那些自己描繪的角色做了專擅的詮釋吧？追根究柢，小說是一紙虛幻，不管是《水滸傳》或是《基度山恩仇記》，不管是藤村的《家》或秋聲的《黴》，在虛構的程度上，可以說只有五十步與百步的差別罷了。謊言之中有著真實，真實之中又藏有謊言。秋聲偶爾會把我寫進作品中，卻不是什麼要事，不像是花袋作品裡出現的柳田國男，不過是瑣事，也不見得與事實相符。秋聲不愧妙筆生花之譽，事物的表面寫得佳，卻無法看穿我這邊的內心。花袋的輕率則是不分表裡，自然地背離事實。秋江跟我交情甚佳，但他把我寫進作品之中，不論好壞，總有所誤解。我們可以從這點猜想，秋江筆下的那些女性要是讀了他的小說，恐怕她們也會因為誤解之大而瞠目結舌吧！秋江以自己的方法解讀那些女性對象，像是唱著獨腳戲，但這也是秋江小說的有趣之處。人性共通的愛欲煩惱，在他的小說中更為鮮明，因此緊緊抓住讀者的心。

　　秋江在昭和4年〔1929〕寫下的感想中有這麼一段：
「今日重讀，這絕非作者自身能夠心滿意足的作品，但我希
望往後的讀者能把這看成文學史的一紙參考。之所以這麼
說，乃是因為作者在創作時意識地強烈反抗當時的文學思
想。彼時文壇自然主義風靡一世，無須贅言。作者在當時無
法滿足於自然主義那過於極端的無情緒主義，因而有意地想
要寫看看富含情緒之作。」[10]然而，就我的觀察，這是事後
編派的理由，事實並非定然如此。他的成名作《給離去妻子
的信》刊登於《早稻田文學》時（明治43年〔1910〕），雖
然世人對自然主義已經有些厭倦，但秋江的內心並不在意贊
成或是反對此種思潮，為了生活，他有著非做些什麼不可的
焦慮，卻沒有書寫煞有介事的正統小說那般的資質與力氣，
便搭上了自然主義自我告白小說叱吒文壇的順風車，開始嘗
試毫不避諱地書寫自身。這並非是為了反抗自然主義而提起
筆來，而是受到自然主義的指導，開始撰寫那樣的作品。此
門一開，自身的文學天分與現實生活的經驗結合，創造出他
那獨特的情癡文學。

---

10 引用自春陽堂於昭和4年出版的《明治大正文學全集第四十二卷》解說內
　容，收錄近松秋江與宇野浩二的作品，同時刊載作家自己撰寫的解說。

　　在與女性有關的事件、情癡行徑的描寫上，自然主義與非自然主義其實難以劃清界線。秋聲自然主義成熟創作方法的描寫，秋江情緒主義風格的描寫，兩者相比，亦是難辨主義有異。但是，兩人在情癡行為的描寫，卻同時臻至他人難以匹敵之妙境，兩個作家的面貌鮮明活躍。《疑惑》是秋江生涯傑作，追尋某位女子的蹤跡而於人世之間徬徨，此舉既讓人心痛又不免可笑。《黑髮》、《狂亂》、《降霜之宵》[11] 等作，可以視為追尋女性幻影而浪跡天涯之作。他對那離去的妻子心存疑惑，特地走了一趟日光，踏進一間又一間的旅店翻查住客名簿，最後發現妻子與年輕男子的名字一同出現，放聲大哭，這比起花袋摟著棉被流淚 [12]，更貼近自然主義的筆法。秋聲的《歸返舊枝》同樣有著尋找女性去向的情節，此處亦是他作品中描寫最為爐火純青之處，主角遍尋神田附近的旅館，一間接著一間，最後終於發現女子落腳處，其間敘述，筆致淡然，饒富興味。主角找得不知如何是好，搞得舊疾復發暈厥，加上前後父子之間的對話，讓人覺得莎十

---

11 這三篇正是 1924 年由新潮社出版的《黑髮》所收錄的作品。

12 花袋的自然主義代表作〈棉被〉最後一段，描寫主角竹中時雄抱著心儀的女學生使用過的棉被哭泣。

比亞的某部作品也可能會有類似情節，就像是在讀法斯塔夫〔Sir John Falstaff〕[13]登場的喜劇。儘管藤村說過「沒有幽默的日子是寂寥的」之類的話，但他的作品整體來說沉甸甸的，描寫女性關係也無幽默之處。

　　俗事之事，總圍繞著金錢與女性打轉，此是古今通則，講究「如實書寫」的自然主義小說，內容自然由金錢與女性組成，藤村與「家」有關的辛勞便主要源自於金錢；年輕的獨步遭妻子拋棄，主因同樣也是生活的貧困；秋江第一任妻子的離開，歸因於生活上的艱難；秋聲不管口中、筆下，都哭訴著貧窮。前些日子，我讀了小宮豐隆撰寫的傳記《夏目漱石》[14]，對於漱石長久以來為了胃病與金錢所苦，感到心痛。倫敦留學期間，政府提供一年的費用是一千八百圓，一天不過只是五圓，而且漱石尚須購書，在倫敦那樣物價極高的大都會之中，靠著剩下來的錢，能過怎麼樣的生活，想來就覺悽慘。明治以來的日本文學家，在第一次世界大戰之前

---

13 指在莎士比亞《亨利四世》和《溫莎的風流娘兒們》等劇本中出現的角色約翰‧法斯塔夫爵士。

14 小宮豐隆（1884-1966），東大德文系畢業，學者、評論家，拜於夏目漱石門下。本書於1938年出版，分量達八百多頁的大著，後以文庫版重新出版時拆成上中下三冊。

過的是極度貧困的生活，特別是自然主義的作品，與暢銷無緣，就算秋江寫出飽含情調之作，也無法擄獲多數讀者的心。

　　谷崎潤一郎在秋江的短篇集《黑髮》序文中推崇這篇作品，說道：「作者絕非蓄意暴露自己的弱點，而是自覺羞恥，但卻又難以壓抑戀慕之情，使得他屢屢不知所措，嚴重失去分寸，但人們讀這篇作品，不管是誰都會發現我們並無嘲笑作者癡愚的資格吧，而且，我們還會明白，此處展現的人類癡愚，潛藏在所有的男性內心之中，只有這位作者正直且鮮明地描繪下來。這正是此作的魅力所在，我們可以說，情癡小說發展至此，抵達了極致之境，而且，此種境界，乃作者獨擅，明治以來所謂的大作家之中，紅葉、露伴、鷗外、漱石等等，寫不出這樣的作品。」[15] 不只鷗外或漱石寫不出來，就連荷風或潤一郎也寫不出來。偏好描寫女性，陶醉於女性之美，作品的題材持續地選用耽溺女性情癡生活的光景與心境，但是，不管是潤一郎或是荷風，他們都不如秋

15　1947年由創元社出版的《黑髮》，序由谷崎潤一郎撰寫，最後則收錄了宇　　野浩二撰寫的解說。此外，谷崎潤一郎曾在1924年初版的《黑髮》為秋　　江撰寫序文，創元社版是第二次為秋江撰寫的序。

江那般，或如秋聲那般，將自己的實際感受徹底暴露出來，
而是選擇將之藝術化，讓讀者接受情癡行為屬於一種藝術，
實是古今東西傳統小說家的態度。藤村曾經說過，把事實當
成事實好好地書寫甚為艱難，但更往前一步，要達到創作的
境界則更加困難。對照起秋江、秋聲或是花袋、泡鳴他們暴
露自我的態度，荷風、潤一郎兩人的態度不是更符合於創作
之名嗎？即便是描繪藝妓或是娼婦，花袋、秋聲、秋江等
人的作品，與《比試》、《濹東綺譚》[16]當中的描繪，大異其
趣，類似居家服與外出服之別。如此一來，或許有人會說外
出服裝過於刻意，稍嫌無趣，但我卻不這麼想，兩者無法以
概念來斷定。

　　文壇人物之中，我識得最深的是秋江；在《讀賣新聞》
編輯部門七年時光一同坐在桌前的是上司小劍；偶然相識，
居所亦在同一區，因此相熟的是德田秋聲。光這三位作家就
能在文壇組成一個團體，近來我重讀秋聲、秋江耽溺女性的
小說，隨之回想，發現他們三人都在現實生活中有著來自女
性的苦惱。秋江在當時被視為「做盡蠢事的男性」，但那是
因為無法隱忍於內心，自己到處談論自己的醜態。說話謹慎

16　兩篇均是永井荷風描寫花街世界的小說。

的小劍，儘管並不外顯，但因女性而苦惱這點，與秋江似乎
並無差異。女性的類型不同，苦惱的方式不同，小說的粉
飾方式也有所不同，但超然於女性的作家，在我的友人之中
並不存在。正因如此，才得以小說家之姿出世，那些超然於
女性、遠離塵世的文學家無能寫出什麼好小說，是文壇的常
識。我也相信這個常識，不過，偶爾不也有些超脫女性，觀
察人生、描繪人生的作家或作品出現嗎？真正超脫並非偽裝
的作家，在自然主義作家之中並不存在的話，在自然主義之
外的作家也不存在嗎？

第七章

同樣是自然主義，法國的作品如左拉、福樓拜、龔固爾兄弟、莫泊桑等人絢爛而闊達，在文學史上綻放華麗的光彩，即便有憂鬱、悲慘之處，但卻非日本那種陰濕的汙穢。《棉被》、《黴》、《家》、《服毒之女》、《黑髮》等作比較起法國作品，很難讓人想像是同類之作。但是，這些作品，卻擁有日本的現實。儘管汙穢，儘管悲慘，卻呈現當時日本的真實生活，有其不得已之處。

　　上司小劍不加入自然主義陣營，在批評家眼中也不屬於
此派，但他卻是書寫出此派優秀作品的其中一人，中年時期
於雜誌《杜鵑》發表了《鱧皮》[1]一篇，霎時定住了文壇的目
光。此次重讀，我確信這篇正是體現自然主義手法精髓之
作，透過細膩的客觀描述，在眼前清晰地浮現人世百態，大
阪繁華地區的光景如畫，作品中角色的一言一行都在讀者的
內心活靈活現。放在小劍為數眾多的作品之中，似乎也找不
到像這般自然且純粹的藝術品。參照年譜，《鱧皮》發表於
大正3年〔1914〕1月，此時已是自然主義聲勢略微衰退之
際，但實際上值得一讀的作品卻接二連三地問世，因為附和
雷同或是不入流的那些人已經消失，只剩下具有實力的作家
們持續開疆闢土。

　　小劍與堺枯川[2]等社會主義家關係緊密，或許受到了他
們的影響，抑或本質上抱持此種思想，他有時候會熱情地談
起「階級鬥爭」論等事，那是當時的我們難以理解的觀點，
一反平時寡默的形象。他的小說之中，經常可見賣弄社會

---

1 此處的鱧是指海鰻，是日本關西地區夏天的代表性食物之一。
2 堺利彥（1870-1933），號枯川，與同樣信奉社會主義的幸德秋水等人成
　立組織、辦報，鼓吹反戰，之後參與日本共產黨的成立，翻譯〈共產黨宣
　言〉。

主義口吻之處。當然，這與後來普羅文學興盛時期的作家不同[3]，態度並沒有那麼明確，但作品的確觸碰到社會問題。當時的自然主義作家對政治問題、社會問題態度冷淡，有如田山花袋所言，執著於「個體」而忘了「全體」。而且，他們一味地把木下尚江等人處理社會問題的小說歸類為通俗作品。日清戰爭[4]時，不管是福澤諭吉或是內村鑑三都肯定戰爭，等到了日俄戰爭之際，文學家的心情也與一般民眾相差無幾。岩野泡鳴是位頑強的日本主義者，談論政治、批判政治家，但卻與一般常識人同小異地讚揚伊藤與大隈是偉大的政治家[5]。近松秋江同樣地喜歡談論政治，但他不過是所謂的飯後閒聊，在朋輩中恐遭人冷落的那種。

　　對自然主義文學抱持好意，亦與島崎藤村、國木田獨步等人熟識的中澤臨川曾經說過：「我覺得在屈里弗斯事件[6]

---

3 日本普羅文學的興盛時期，主要以1921年雜誌《播種者》創刊為開端，直到1934年左右遭受政府強力打壓為止。

4 指中日甲午戰爭。

5 指伊藤博文與大隈重信，特別是伊藤博文，泡鳴屢屢在評論中提及，也在小說中描述伊藤博文在哈爾濱遭到暗殺時，對主角造成巨大的精神衝擊。

6 19世紀末法國猶太裔軍官阿弗列‧屈里弗斯（Affaire Dyeyfus）被誤判為叛國，法國社會因此爆發嚴重的衝突和爭議。此後經過重審以及政治環境的變化，終於獲得平反，而左拉曾在報上發表了寫給法國總統的信，以控訴屈里弗斯的冤罪。

中奮戰的左拉相當偉大，而福樓拜那樣的出世並無法讓人滿足。」他期望日本的文學家也能抱持與左拉相同的態度，他又說：「幕末維新當時的青年有著賭上性命的奮鬥目標，現在的青年則否，沒有生存競爭。」然而，過沒多久，普羅思想、馬克思主義興起，青年有了目標，臨川也開始撰寫追隨此思潮的評論，說道：「對於現代以各種形式持續現蹤的，藝術家或文學家那似是而非的高踏主義，我深感厭惡。」文壇開始盛行享樂主義與人道主義，年輕人耽讀三田派與白樺派的作品，後來普羅文學短暫地風靡文壇，自然主義有如過往渣滓，棄如敝屣。但是，儘管時勢如此無情地拳打腳踢，卻無法讓自然主義從世界上消失[7]。

　　我自己將自然主義解釋成一種否定的文學，事實上，日本文壇對該主義呈現的傾向也有著同樣的觀察。然而，此次重讀諸家之作，姑且不論強弱，他們為求生存所做的努力確實不容抹滅──「像我這樣的人也想活下去」，藤村這種遭遇困難的堅定心情，亦存於其他作家的作品之中，儘管暴露

7　這個段落是白鳥敘述自然主義興盛期以後文壇出現的各種思潮，包含明治末期追求享樂的耽美派以及以人道主義為核心的白樺派，大正中期以後則有社會主義文學的興起，但是這些新傾向的出現，都無法抹去自然主義作家繼續創作的事實。

現實所帶來的結果是懷疑幻滅以及苦惱，但在內心的底層，無論如何也想活下去的情緒依然鼓動著。片上伸曾以否定的文學為題，舉俄國文學為例，闡述人類否定的力量，認為俄國真正的文學乃從強烈的否定中誕生，他說道：「否定力量的展現，是生命活動的證據。否定讓重要的物事真正有了生命，否定讓重要的物事真正得以發展。透過否定，內心的泉水流動；透過否定，得以真正地找出自我生存之道。」[8]日本自然主義的懷疑、幻滅感受，並未促成俄國那般偉大文學誕生，但是，此派的文學卻依然頑強地表現「不斷苦惱而活」的這點。

後來秋江離開情癡主題，開始書寫有關「愛子」的各種題材；花袋也開始寫《某僧的奇蹟》、《殘雪》等富含宗教色彩的作品；藤村在《新生》中把自己苦悶的生涯推到極限，接著在歷史小說《黎明之前》、《東方之門》改變了方向；秋聲則在《扮裝人物》中嘗試批判自我的極限。對於《新生》裡頭藤村表現出的煩惱與態度，我深受感動，但此

---

8 片上伸於1923年於《新潮》發表的評論，此時他已遠離自然主義，赴俄國留學後重新回到日本，擔任早稻田大學教授，這個時期的他是無產階級藝術理論的重要推手。

番重讀，這小說確實也為我帶來了絕大的不快。「沒有比新
生的主角更為老奸巨猾的偽善者」，芥川龍之介的這句話相
當有名[9]。讀到《新生》第十三章，藤村的友人，以及深愛藤
村的讀者，應該也有青天霹靂之感[10]。

　　小說中是這樣寫的：「我的狀況，叔父已經知道了
吧？」被姪女節子這麼一說，岸本躲著不肯面對的那一瞬間
終於攤在眼前，他的身體不住顫抖。藤村的友人看到脫下面
具的他，只能大驚失色。敬重藤村的花袋，據說曾經挖苦地
說：「畢竟在被刊在報紙之前，自己寫成小說公諸於世或許
比較好吧。」這話多少也是因為覺得自己被藤村給矇騙了
吧，當初他對藤村的西歐之行感動不已，在新橋不忍告別，
便一路送行到鎌倉，後來還到了箱根，滿心感傷，但知道真
相之後重新回想，花袋或許也為自己的天真感到懊悔吧。有
人似是而非地主張：藤村過去雇用的老婦知道他私底下的行
徑，從這位老婦之口發展為世間謠傳，搞得報紙即將報導，
藤村心知肚明，便自己率先以藝術手法告白此事。但事實
上，藤村卻靠著藝術的力量獲得救贖，非但沒有以悖德之徒

9　出自芥川龍之介〈某阿呆的一生〉第四十六個段落，小標題為「謊言」。
10　在這個段落中，女主角節子告知男主角岸本，自己已經懷孕。

的身分遭到社會抹殺，反而靠這引起毀譽紛歧的作品，提高
自身藝術家的聲名。人們總說性慾的描繪乃自然主義獨到之
處，花袋、秋江、泡鳴、秋聲等人追尋、書寫自身性慾苦
惱，是文學史上史無前例的光景，而藤村在這點，比起其他
同儕更加深刻。秋江的愛欲行徑，狂熱程度無人可比，藤村
的狂熱則深藏於內裡，比起竄動於表面的秋江，更形悽惻。
某些秋江的讀者或許會想：作家居然可以寫出這種醜態；但
若是提到藤村，那只是外頭看來沉著，實質的醜態卻不下於
秋江。一般世俗強人就算有了那類不倫行徑，只會敷衍搪
塞，不太可能因為害怕社會目光而遠避法國，更不會有那些
讓人無法直視的煩悶苦惱吧！而且，《新生》的主角，儘管
此般飽嘗懊悔懺悟之情，卻又在返國後繼續悖德之舉，何其
膚淺，不禁讓人輕蔑這人的本性。然而，我們同時會明白人
性不過如此，因而長長地大嘆一口氣，這也就是取材自性慾
的自然主義的極限吧。

　　《復活》中的涅赫柳多夫看到墮落的卡秋莎，想起自己
過往的罪愆，選擇放棄榮華富貴，與卡秋莎禍福與共，踏上
贖罪之路，與此相比，《新生》主角的行為卻是有己無人，
壓根兒沒有徹底悔過贖罪的行動。但是，這不意味著托爾斯
泰與藤村在本質上的差異，《復活》是虛構的故事，而《新

生》則是事實紀錄，如此而已。對於托爾斯泰理想化的角色涅赫柳多夫他崇高的精神，我感嘆不已；對於《新生》中愚蠢行徑呈現出的人類共通心境，我則苦笑以對。小說這樣寫道：「真相的暴露，不光止於弟弟打算主動接受責難這般單純，這甚至讓兄長近乎宣告今後斷絕關係，同時也讓雙親的盤算破局，讓女兒背棄雙親，也在親戚間造成混亂與狼狽。」如同易卜生《野鴨》一般，真相的暴露，波及周遭，帶來困擾。小說又寫道：「然而，岸本急著邁向更為寬廣而自由的世界，無視周遭。」[11] 儘管為自己身邊的人們帶來混亂與狼狽，但卻打定主意奔向自己的世界，這裡不就有著自然主義者的特色與意志嗎？在許多層面，日本當時的自然主義，藉由《新生》抵達了極盡之處。拚命想要活下去的藤村，突破這條死路，超越這痛苦關頭，成功地活了下去。

　　然而，我不禁覺得讓這些自然主義作家們煩惱的女性，不管是哪一位都相當平凡，無論就知性、思想或是情感而言，她們都不足以稱得上敏銳，也算不上突出或豐富。所謂的女性，一般就是如此嗎？男性眼中的女性，就是這種程度嗎？人類通常會在身旁近處的繁多女性中覓得愛欲對象，隨

---

11 以上兩段引文均是《新生》第一百二十一章的內容。

之一喜一憂。因此，這些自然主義作家所選擇的女性即便為
這些男性帶來萬分苦惱，但這選擇可能僅是輕率之舉？就算
是《新生》中的節子，不知是否因為作者的觀察力貧弱，又
或是描寫過於單薄，外型與內心均不夠鮮明，也未能表現出
激烈的愛情。這些作家，他們只顧得到自己的那一面，無能
客觀地洞察女性對象的心理，或是巧妙地描寫她們的姿態以
及行動。而且，這些作品全都找不到西方名作中所謂「永遠
的女性」，那種令人尊崇、充滿理想的存在，而是給讀者帶
來底層不潔女性的印象──卻因如此，我們也能說這些作品
更為真實。

　　在《嫩芽集》等新體詩作之中，藤村歌詠著年輕男女的
感傷之情；在他的自傳式小說中，我們卻看不到在詩裡現蹤
的想像女性，即便是《新生》中的主要女性角色節子，如同
現實的她極為平凡一般，作者對於這名女性心理的描繪亦相
當平凡，節子為了叔父而誤了自己身為女人的一生，但有關
她心情的描述，卻讓人覺得處處顧及身為作者的叔父。閱讀
泡鳴的《征服被征服》[12]，對於那性慾飢渴的男性不管是何種

---

12 泡鳴1919年發表於《中央公論》上的小說，後由春陽堂出版單行本，小說
　 的題材是他與當時女性運動推行者的遠藤清子同居、結婚與生活的過程。

女性也拚命想要一親芳澤的衝動，描寫手法露骨卻又帶點滑
稽，讓人不禁苦笑，相形之下，藤村有同樣的心境與行動卻
得裝個樣子，深思熟慮地描寫，而且，他不像泡鳴那樣讓人
覺得汙穢——取材性慾的日本式自然主義作品應當分成兩類
研究。泡鳴因為缺乏雄厚資本，在樺太的生產螃蟹罐頭事業
一開始就失敗，回程中在北海道流浪，接著身無分文地回到
東京，決心盡快掙得生活之資，同時也把目光投向女性。後
來以《征服被征服》為題，在文壇被當成笑柄的這篇小說，
開頭便是他因樺太事業失敗，大受打擊回到東京，描寫當時
自己身邊的事情。（約是明治42年〔1909〕冬天。）

　　雖然這是泡鳴最為窮困時的自我告白，但提筆撰寫《征
服被征服》卻已是十年之後的事，他的生活多少已經安定下
來，讓人覺得筆力也變得疲軟。而《放浪》、《斷橋》、《發
展》等窮困時期所寫的窮困小說，才讓人得以感受泡鳴獨到
的魄力，自筆端源源不絕湧出。泡鳴那不經矯飾、不問技巧
的追求女性方式、取悅女性行徑，充分表現出他的性格，但
《征服被征服》之中，他對人性的批判卻帶給我空泛而天真
的印象。儘管一般人以為他並不重視文字，但事實上卻與這
種印象相反，他相當重視描寫，對比於藤村的說明性描寫、
花袋的描寫性說明，他主張自己的小說寫法乃是描寫性的描

寫，作為創作態度，這點值得肯定，儘管他無法具體化自己的論點。關於己身對「性」的飢渴，關於本能盲目的力量，藤村的確以泡鳴所謂「說明性描寫」來處理，與泡鳴的描寫相較之下，與其談論優劣，不如說我們真正感興趣的是，這點看得出作者人格的差異。「這是狂暴的熱情，與沐浴在平靜的愛的光芒中有所不同。我無論如何都得突破這個地方。」[13]這是《新生》主角岸本的希望，在激烈的熱情稍稍冷卻後，相反的冷漠情緒襲來，在他心中拉扯。因此，他的女性對象，節子，成了岸本激情與冷漠兩種情緒的犧牲品。泡鳴對好幾位女性也同樣經歷過這種激情與冷漠，用他自己的方式應對，藤村著重內心的苦悶，然而若是關注外在的部分，泡鳴跌跌撞撞，藤村則是收拾得光鮮亮麗。

　　「岸本環視自己的房間。這時有聲音傳來，考驗著想要獨自回到工作上的他。那並非巨大的否定之聲，而是細瑣的私語，在他耳邊打轉，但卻能使他的心情幻滅。那聲音問著他：學問藝術與女性的愛，能夠同時存在嗎？兩人的結合，不過只是身處三年孤獨後彼此對性的飢渴嗎？走上戀愛的舞

13《新生》第六十章主角的自言自語。原文為「我無論如何都得早點突破這個地方」。

臺扮演愚昧角色的總是男性。男性總在付出，在這世上卻有
種女性只會接受，而完全不知道付出。比起能夠如此冷靜以
對的女性，你對男性的焦躁不已還不覺得憤怒嗎？」[14]

　　不管是《征服被征服》的泡鳴，又或是《新生》的藤
村，儘管行動、態度各有不同，但同屬「彼此對性的飢
渴」，藤村、泡鳴，抑或是秋江、秋聲、花袋等人，都對著
讀者清楚展現人生不論悲喜劇都從此處開始。所謂「女性
冷靜以對，男性焦躁不已」，在這裡，藤村的批判有其代表
性，泡鳴、秋江以及其他自然主義作家具有自我告白性質的
小說，有著相同傾向。表面看起來泰然自若的藤村，其實內
心焦躁不已。

　　因此，我認為，藤村的《異邦人》〔エトランゼエ〕是
軼群絕類的外國遊記，讓我熟讀多次，感慨萬千。若是有著
深愛的女性相伴，遠走異鄉，自然充滿情調而且能獲得不少
慰藉，但戴著面具，獨自過著異鄉貧困生活，想必比一般人
加倍痛苦。特別是藤村平日就偏好日本風味的生活，我們可
以推測法國文化的生活並不適合他。他究竟為了什麼待在巴
黎？在巴黎是想學些什麼？被年輕的日本畫家等人包圍，有

14《新生》第六十七章，接續岸本心中激情與冷漠拉扯不清的段落。

什麼樂趣？這些問題若從旁人來看，不免不可思議。

　　這本書表面上是理所當然的法國生活紀錄，但你如果一邊想像《新生》裡的作者心境一邊讀著這篇紀錄，依稀可以看見作者在巴黎巷弄間步履蹣跚的孤獨背影。以《一群法國旅者》為題[15]，他寫道：「我盡可能把自己的書寫規定在旅途上相遇的同胞旅者，像是那群飛越遠方天際的候鳥，彼此手拉著手客居異鄉，若能藉由此作傳達些許這些海外旅者的消息，便已滿足。」對於這群候鳥中參雜著像作者這種異質存在，我興味盎然地注視著作者背影的動搖。

　　不管是前往國外旅行，或是待在國外數年，想把外國人內部心理或外在行為當成小說材料或旅行文學的重要題材，其實甚是困難。我深信，若是輕描淡寫自己接觸的那一面，或許還行，但如果想要深刻地，或是豐富地描寫西方社會，其實是不可能的。藤村選擇那些前往法國旅行的日人為素材，寫出《異邦人》，是個明智之舉。什麼「旅途中認識的法人家庭，在那相遇的人們，在那聽到的話語」等等，寫了也是注定寫不好。這種事情，就算試著寫下來，終究只會是

15「一群法國旅者」是《異邦人》一書的副標題，此書於1922年出版，以下部分則引用自本書序文。

一篇可有可無的作品。與其描繪現實的外國人或他們的家庭，藤村創作出想像的外國人，把這當成對象，我對這個手法心有好感，產生共鳴。

　　《異邦人》最後有這麼一段：「房間響起了敲門聲。有個外國人，我們倒也沒相當熟稔，但卻經常來訪。我從早到晚封閉在寂寞之中，盯著訪客幾希的旅者之窗，成天擔心著故鄉的事情，在那連燻得焦黑的牆壁也成慰藉之一的孤獨時光，這個外國人固定會來敲門。接著，他會把扶手椅拉到我面前，坐下來，帶著深厚情緒地成為我說話的對象。」

　　不知不覺之中，作者藤村開始藉著這位想像的異邦人，撫慰旅途朝夕時光。「難以撫慰的無聊，加上令人難以相信地無從獲得刺激，我因而發現了與外界徹底無緣亦無關的自己。而且，在這從寢具、洗臉器具以至於便器一應俱全的空間中，除了進食與睡眠以外，我已找不到撫慰自身的方法，午飯用罷便想著晚飯的到來，晚飯用罷便想著倒臥床鋪時刻的到來──我甚至發現這樣的自己。這時，那個外國人出現，我覺得不管怎樣我都得當他是說話的對象。」

　　他外出，看了什麼，感受了什麼，再回到落腳處，開始孤單地自言自語，這時仔細聆聽的正是這個異邦人。或許有人會覺得不過是幼稚孩童的行徑，然而四十歲已見多識廣的

藤村卻在異鄉陷入這種心境，讓我覺得自己目睹的是自然主義的極致。徹底追求現實之後的盡頭，墮入想像，變成對著想像尋求慰藉。無法嘗到現實戀愛滋味的男女，可能會捏造出想像的情人，與此生活，安慰自己，而身處異鄉的寂寥到了盡頭，他便在想像中創造出自己偏好的異邦人，以此聊慰自身，亦是趣事一件。藤村的法國遊記，是日本自然主義作品中的異色之作，《家》與《新生》，加上這篇遊記，是作者藤村面貌最為清晰的作品。日本人撰寫的外國遊記數量甚多，也有許多深度觀測外國事物、文化、人群，並加以研究的作品，但凝視異鄉中的自身，描繪這種真實生活的作品卻是不多。荷風《法蘭西物語》充滿青春熱情，讚美法國的生活，是本傑出的遊記[16]，比較之下，藤村的乃是滲漉著中年苦澀的生活紀錄。我曾經想著，為何文學家、藝術家的外國遊記沒有更有趣的作品問世呢？花袋曾經說過：「就算人到了國外，也沒辦法把外國人當成小說的角色原型，我們不像是畫家，光旅行便能派上用場。」儘管這種層面的取材不能派上用場，但身處異鄉凝視自身，我想，對於理解真實的自

---

16 永井荷風於1909年出版的短篇集，以他在法國的所見所聞為題材，有創作，也有感想，是耽美派文學的先驅之作。

己應該有所幫助。

　　藤村寫道:「在世界旅行,像是去發現自己一般,從啟程的第一天起,我便發現那迄今未曾深刻意識過的,自己的頭髮,發現自己的皮膚,發現自己的眼眸。不只如此,在異鄉度過的光陰越多,我就從旅途的天空下邂逅的許多同胞身上學到更多迄今未曾發現的各種特質。」從膚色、髮色之別就能理解東西相異,此事並不值得小題大做,然而,在異鄉能否安居,會在我們的心中留下印象,這事,與人生得以安居與否息息相關。我們會如此想像,異鄉的生活,切斷了與自國繁瑣的私累,彷若十分輕鬆,但事實上真是如此嗎?日本人能在其他國家安心生活嗎?特別是藤村,他的法國生活,應該有如苦刑,自己懲罰自己,在海外服著苦役。他老是覺得寂寞、悲傷,讓人覺得不中用,但你如果一邊惦念著將自己逼迫到這種境況的作家,一邊讀著《異邦人》一書,你會發現許多耐人尋味的事情。

　　小山內薰為了學習戲劇,經由西伯利亞來到莫斯科,觀賞聞名的藝術劇場,後來也一瞥柏林與倫敦的戲劇,在即將返國的匆忙之中撥空走了一趟巴黎,便在藤村的落腳處過夜。這兩位日本文學家欣賞俄國舞者尼金斯基〔VaslavFomich Nijinsky, 1890-1950〕表演的當晚,在藤村那

沒有火盆與鐵壺的房間裡喝著冰水談論著舞蹈。當時的小山
內正立志創造新時代的戲劇，意氣風發，憂鬱的藤村是用怎
樣的心情跟他應對的呢？石原純[17]、河上肇[18]等新人學者也曾
經半途中來到巴黎，在藤村住處用餐，飯後他們熱烈地批判
西方與日本，河上說：「就算有六十人、七十人左右的崇洋
之士，日本國民也絲毫不為所動吧。」又說：「哎呀，等著
看五十年後，日本也會不容小覷的。」又說：「請不要忘記
所謂的愛國心。」他吐露的是氣盛青年的內心感想，但滿心
憂鬱的藤村只是表面上扮演傾聽高談闊論的聽眾，在旁安撫
著他們。藤村在住處的餐廳跟某位德國人聊起歌劇，說自己
並沒有多大興趣，德國人便在餐桌上對著其他人說，這東方
人看不起堪稱歐洲第一的巴黎歌劇。藤村成為眾矢之的，被
說是這人什麼也不懂。輕率的一句話，跑出了口，便搞得遍
體鱗傷。藤村依然盡可能地沉默度日，這種時候，靠的就是
自己想像中創造的異邦人，那是唯一的慰藉，在這巴黎能夠

---

17 石原純（1881-1947），物理學者，曾留學歐洲，接受愛因斯坦指導，將相
　　對論介紹至日本。同時也撰寫和歌，曾與北原白秋等人一同創辦和歌雜誌
　　《日光》。
18 河上肇（1879-1946），經濟學者、法學博士，任教於京都大學，信服馬克
　　思主義，對大正、昭和初期的日本左翼運動有相當大的影響。

好好傾聽自己暢所欲言的，就只有這個想像中的異邦人。如
此寂寞、如此黯淡的生活。而且，藤村歷經三年光陰的巴黎
生活，對他之後的作品有著多少影響呢？與畫家不同，他
西方之行以前的作風在旅程後似乎毫無變化。《櫻桃成熟之
時》這篇以自己在《春》以前的人生為題材的小說，乃是在
巴黎寫成，但卻看不出在國外書寫的痕跡。小說家藤村，並
未因為這趟旅程，深化或是拓展了自己小說的世界。

　　儘管西方之行對小說修為毫無效果，但作為一趟逃避之
旅，卻是正確的選擇。日本的文學家，就算是一流大家，也
無法在國外賺取生活之資，自然無法在國外久待，只能隨興
度日，畢竟再怎麼討厭自己的國家，也無法一輩子在他鄉度
日。藤村或許一開始也曾妄想過於國外漠然度過一生的可能
性，但這樣毫無目的且貧困的生活，卻讓人無法忍受太久。
他連返國的旅費也不知如何是好，曾經悲慘地打算要不經意
地拜託日本友人提供援助。我不清楚那樣的援助後來是否成
真，但這話傳到日本的時候，據說有個年輕的文學家說道：
「海外之行，我們就算有意願也無法實現，卻得為了正在海
外的人，從我們羞澀的阮囊之中，為他掏出返國旅費，這說
得通嗎？」不過，藤村的西方之旅不單只是一趟旅程。藤村
他對著自己說道：「覺得像是自己解開自己的手銬，解開繩

索，試著要離開寂寞而自責的生活。」又說是：「被赦免得以回國。」徹底的悲慘與黯淡，那與社會運動的戰士因著時勢變遷而堂堂返回故國的暢快心境大相逕庭。

逃亡的殺人犯覺悟自己必須受刑而返國的話，多少有點悲壯感，但藤村卻是沮喪地戴著面具回到日本。自己單方面以為海外三年苦行算是刑期屆滿，但對旁觀者來說，此舉好似兒戲，但是自從戰爭爆發以來[19]，旅行變得困難，生活無法安定，於是他找到藉口原諒自己，三年前離開時還以為自己再也不會重返神戶港，現下卻不知廉恥地準備回國。返國後，他繼續著含糊又拖拉的生活，因此，《新生》並不具備著東西傑出小說中可見的小說式樂趣，即便到了故事最後，也只有不乾不脆的結局。但以「非小說的小說」來看，不問是非，我認為這篇作品乃古今獨特之作。眾人當成懺悔錄來讀，但作者卻說這不是一本懺悔錄。如果作者相信將自己的人生經驗原封不動、毫無隱藏的寫下乃是作家的本質，而靠著作家此般純粹的風格才完成了這篇作品，但是事實卻未必如此。若選擇保持沉默，內疚之情必然持續，這才是假託藝術自我告白的原因吧？我想，那並非在密室之中與神相對的

---

19 指1914年7月歐戰爆發，藤村於1916年返回日本。

心情，而是多多少少抱著自己縱身躍入社會、任憑處置的打算。自然主義拯救了作者，藉由這種像是日式自然主義極致的「私小說」作風呈現自我，讀者也選擇接受，於是得以避免社會上嚴厲的道德批判。

《新生》是將發生於日本的自然主義文學其功過具體成形的小說。吉江喬松認為這部小說是寫實主義極致的結晶，盛讚道：「日本的現實自然主義文藝，因為這篇《新生》始得畫龍點睛。」就某個層面來說，我也認為這部小說是日式自然主義文學的極致，它並不像《家》那樣完成於作品自身，而是同時展現了日式自然主義的弱點與弊害，而且淋漓盡致──藤村是如此用自己的肉身推動日本的自然主義文學。

藤村並未藉由法國刻苦三年的修行在文學有所進展，大作《新生》讓他的文學生涯告了一個段落，之後的《黎明之前》、《東方之門》有如餘興之作。他從《櫻桃成熟之時》受到歐洲思想及藝術的感化，許多作品都是在那樣的感化之下誕生，但內心也抱持著如《黎明之前》之中的日本傳統思想以及藝術，似乎隨著年歲增長，屬於日本的事物在內心中變得更加豐沛。花袋同樣地受到西洋文學的影響而立志於新文學，但日本的傳統藝術觀依然支配著他，他自己就說過，

儘管多少師法福樓拜、龔固爾兄弟，但自然主義式的心境，
卻與香川景樹[20]系統的詠歌態度有一脈相通之處。花袋推崇
景樹高徒熊谷直好的和歌風格，對直率且如實吟詠自然感受
的做法有所共鳴，直好的和歌並無矯飾，讀來十分舒坦，但
很容易就落入「徒言歌」[21]的境地，不過只是排列著無味的
平庸語彙。花袋等人的小說有著不少平庸的如實主義作品，
或許就是與直好等人有著相同的藝術觀點吧。

　　同樣是自然主義，法國的作品如左拉、福樓拜、龔固爾
兄弟、莫泊桑等人絢爛而闊達，在文學史上綻放華麗的光
彩，即便有憂鬱、悲慘之處，但卻非日本那種陰濕的汙穢。
《棉被》、《黴》、《家》、《服毒之女》、《黑髮》等作比較
起法國作品，很難讓人想像是同類之作。但是，這些作品，
卻擁有日本的現實。儘管汙穢，儘管悲慘，卻呈現當時日本
的真實生活，有其不得已之處。而且，這次我重讀日本友人
的作品，深感與法國作品的天差地別，就像當時東京與巴黎
的天差地別。河上肇在藤村巴黎住處傾訴彼此所感時出口的

---

20 香川景樹（1768-1843），江戶後期的和歌作者，號桂園，成立桂園派，尊
　　崇《古今和歌集》的風格，門徒眾多。
21 過於平凡而無趣的和歌。

　　那句「哎呀，等著看五十年後，日本也會不容小覷的」，是
我在藤村遊記中感受良深、留在內心的一句話，距今三十五
六年前的話。那之後日本走過了什麼樣的路？背負著「不容
小覷」期待的日本，做了什麼樣的事情？日本做出的一件件
事情，是當時在座的人們大概都無法想像的吧。

　　文學的部分又如何呢？是否「等著看五十年後，日本也
會不容小覷的」進步依然持續呢？

第八章

世人都說自然主義作家，出生於鄉村者占了多數，這
點沒什麼問題。以尾崎紅葉、幸田露伴為首，明治初
期的作家有許多人出生於江戶、東京，因此為人氣
派、灑脫、通情達理。然而，如同明治維新大業乃薩
長的鄉野武士所促成一般，打破舊文學的文壇大業，
同樣靠著來自鄉村的文學者而達成的嗎？

　　岩野泡鳴曾說過：「你經常寫鄉下的事情，但作家必須
描寫都會才是。」反之，小杉天外則對我說過：「小說該寫
鄉村，因為如果是鄉村的話，材料取自某人物或某家庭時，
可以清楚知道該人物或是家族先祖以來的經歷，才能寫出真
正的一面。如此搞清楚肉體與精神上的遺傳，故該寫鄉村之
事。」[1]若是以我自己的偏好來說，我討厭鄉村，討厭鄉村的
語言，但說歸說，不管在哪出生，故鄉會緊緊跟隨著你，經
常成為小說題材。而且，比起描寫都會的作品，取材鄉間的
反而評價較高。語言也是，不知不覺中已無法跳脫孩提時期
的印象，我作品中的人物，經常吐出我故鄉的鄉野方言，揮
之不去，難以改變。

　　世人都說自然主義作家，出生於鄉村者占了多數，這點
沒什麼問題。以尾崎紅葉、幸田露伴為首，明治初期的作家
有許多人出生於江戶、東京，因此為人氣派、灑脫、通情達
理。然而，如同明治維新大業乃薩長的鄉野武士[2]所促成一
般，打破舊文學的文壇大業，同樣靠著來自鄉村的文學者而

---

1 小杉天外是日本前期自然主義，也就是引進法國自然主義理論的推手，他
　相信左拉以科學分析角色處境的理論。
2 江戶末期尊王攘夷，得以推翻幕府，讓日本採行立憲君主制度的關鍵是薩
　摩（鹿兒島縣）、長州（山口縣）兩地的武士。

達成的嗎？

　　話說回來，自然主義作家也並非特別寫鄉村小說，而就算是寫鄉村，多數有如遊記般地讚嘆山水之美，或像畫中人物一般地描寫純樸的鄉下百姓，沒有幾篇觀察農、漁民實際生活原貌，深刻地描寫該種現實的作品。俄國與法國均有許多農民小說，對自古以農業立國的日本來說，文學的範疇也早該關注農村或是農民的生活，自然主義式的觀察，也該把目光放在農民生活才是。像我，來自於鄉間的小地主階級，不清楚農民生活的現況，當然也沒有興趣，不特別抱有好感，自然也就沒想過要把這些當書寫材料。即便是注意周遭事物深入思考的島崎藤村，關於信州的農民，也只能書寫一些斷片而已。「百姓」[3]一詞在這次戰爭之前，算是種侮蔑，在落語[4]等表演中，農村的人們永遠是引人發笑的素材。

　　因此，關於農民小說，我必須推薦長塚節的《土》[5]，這是明治大正時代最優秀的作品。這名作者拜於正岡子規門下，或許因而重視寫生[6]，曹心於客觀描寫事物，我們應該

---

3 百姓在江戶時代大多指的是農民，包含少數漁民、商人等。

4 單口相聲，日本始於江戶初期。

5 1910年於《東京朝日新聞》連載。

6 寫生文是正岡子規所鼓吹的文學手法，推崇客觀觀察有如寫生，這種技巧多運用在俳句、短歌以及散文。

說，《土》的作風正是體悟自然主義精髓而生，作者當然該
歸類於自然主義一派，但他既是子規門下，《土》又是獲夏
目漱石推薦刊載於《朝日新聞》，因此被視為不同於自然主
義的一派，而且本人也是這樣想的吧。文壇的黨派之分，
實是馬虎草率。長塚節有幾篇寫生文風格的小品，文才多
少獲得認可，但《土》才是他耗盡全力的正統小說。藤村
《家》，我看到沉重陰鬱的人所過的生活，而《土》這篇，
我看到的是苦悶悲慘的人所過的生活，這裡有著沒有救贖的
人生。作者仔細地觀察、探討他描繪的人物，但是卻無法在
他描繪的世界中發現希望、光明或是神，也不用試著去找。
這時的農村，出現了空前改變，就連《土》的主角勘次這種
佃農，也變得能夠過著富足的生活。大正末期至昭和初期普
羅文學出現以後，就連農民小說也會帶著排斥地主、激勵佃
農的氣氛，勘次這種人的貧苦必然是地主壓榨的結果，如此
鼓吹農地改革的風氣變成常識，但是，《土》卻絲毫沒有這
種情緒。這個作者，雖然有著與自然主義共通之處，但看來
對社會主義一竅不通。或許有人會詭辯地解釋：不管是大地
主或小地主，那些擁有土地的人們，無須流汗就能飽食他人
辛苦耕種的粒粒稻米，因此作者對佃農才會不帶同情也不具
理解，把那悲慘的生活單純地當成悲慘的生活來描述。不

過，我認為這樣能夠客觀且如實描繪當時現實中的農民，作者的態度值得稱許。那不像是巴爾札克或左拉，甚至是俄國許多作家的農村小說之中會有的瘋狂角色或瘋狂事件，也沒有利用異常或滑稽的事件來引起讀者興趣，而是以質樸的筆調，不厭其煩地寫著尋常至極的貧窮農民，在這困難的人世中掙扎。《家》的藤村嘆息說道：「就連像我這樣的人，也奮力地想活下去。」而《土》的勘次卻是在無意識中奮力求生，因為奮力地想要活著，妻子才在丈夫的默認下自行墮胎，卻賠上了自己的性命。儘管此乃不智之舉，但在日本農村自古以來不就是屢見不鮮嗎？孩提時期，在我的故鄉，暗中處理掉剛出生的嬰孩是幕府時代以來的習俗，沒有人在意。附近的男男女女前來幫忙死者的喪禮[7]，那「即便是為了他人悲傷的一天，但只有這一天得以遠離自己生活與一些人們聚在一起，這對他們反而是愉快的一天。因為，食物是為了修補那被持續消磨的肉體損傷，但即便是一小碗，也盡是用自己慘澹努力的一部分換取而來，但是，哀悼他人的這一天，卻可以毫無損失地為了自己，滿足所有的口腹之欲。就

---

7 此處指主角勘次妻子阿品的喪禮，以下引用出自《土》第四章有關喪禮的
  描述。

算他人的悲痛再怎麼深刻，卻不是自己眼前的問題。如此一來，他們聚集之處，自是笑聲不絕於耳」。

小說從這種洞察、探討農民心理之處出發，因此作品中描繪的農村並非宜居之地。從這農村人們的生活延伸，你可以類推得知，這裡也非一般人的宜居之地，在哪都找不到所謂的神的恩惠。儘管確實有小說描繪悲慘世界中人類之愛或是互助精神綻放光芒的美景，但《土》卻沒有那樣的情節。作者對人生的看法就是如此嗎？就算對人生不想有這樣的看法，但自己日常接觸的村中百姓實際如此，自然別無選擇吧？作者不去美化現實的農村，不為了取悅讀者而創造一個夢想的世界。

既然是撰寫報紙連載小說，這個作者不可能完全不考量讀者反應，想要讓讀者覺得有趣、受到評論家稱讚，是人之常情，但是，材料性質與作者素質卻無法讓這成為能夠愉悅閱讀的作品。我們可以說，不管是《土》，或是《家》，正因為作者缺乏創作力，無從揮灑小說技巧，真實才得以顯現。生存的苦惱、生存的努力，這些在知識分子身上是這樣展現，在無知的農民身上又是這樣地展現，而且，我們讀著會發現，無知之人的世界，與知識分子的世界，在本質上沒有不同。儘管作者的態度像是在自己描寫的貧苦農民身

上，發現近乎與自己的人性相異的獸性，加以揭露，但我讀著《土》，卻一邊覺得他們本質上其實相同，一邊觀察著勘次與他周邊人們的人生。「他獲得的微小幸福，卻招致他人的些許嫉妒。除了他以外，正在吃苦的農民數也數不清，在這些人之中，雖然只不過是五塊錢，卻是顯眼萬分，因為他們除了拚命找著對自己有利的事情之外，也緊盯著周遭。只要他們認為別人與自己吃著差不多的苦，或是更糟，在彼此痛苦之中就可以感到一種心安，但要是看到其中一人有了錢財，便會有種像是自己被拋在後頭，一種強烈失落的莫名感受，而起嫉妒之心。因此，看著別人跌一跤，扭曲的內心不得不偷偷覺得痛快。」[8]作者在這裡看到惡質的人性，但這其實不論古今東西，是每個社會都能見到的共通之處，一點也不特別，無須特別以「扭曲的內心」稱之。作者只是在這篇農村小說中試著尋找惡質的人性，而不是尋找農民身上的美德，他並不站在農民這邊，也不把地主當成壞人。

　　勘次與女兒間，或是卯平與兩個孫子之間，隱微流露出的是尋常情感，但在勘次與卯平之間，也就是女婿與岳父之間那頑固、彆扭、冷淡的對立，正因表面沒有爭執或口角，

8　勘次由於成功地開發了新農地，獲得地主額外的賞賜。

反倒更加悲慘。讀來也是無趣，但你可以想像，實際上兩人之間的對立，對任何一方來說都是沉重鬱悶，令人厭煩的事情。如此俗世——我不知道作者是否有意識地這樣寫，但面對如此乏味的俗世，我們也會想撇開自己的目光。但即便撇開，這種人與人之間的對立卻是儼然存在，讓人不知所措。即便是勘次這種宿命式的貧民，經過多年努力，朝著生命好不容易得以維繫的光明前進，但卻因為孩子玩火與爺爺卯平的輕忽，導致屋子與財產均付之一炬。這場火災讓這小說世界來到了結局，作者讓角色陷入苦境，一副事不關己。正所謂人不可貌相，這位作者的創作態度非常冷酷，似乎有些地方近似那寡默且冷淡的勘次。

　　說是人生沒有解決之道，救贖並不存在。俄國或法國的農民小說中，你多半可以在無知的角色內心中發現難以動搖的宗教信念，但反觀《土》的角色，雖然他們迷信巫女、通靈之類，但在不安的生存中卻沒有那可以依靠的信仰之心。然而，晚年的田山花袋發表了《某僧的奇蹟》、《殘雪》等篇，看得出內心往宗教靠近[9]。根據前田晁撰寫的年譜，這些

9《某僧的奇蹟》於1917年，《殘雪》於1918年發表，都是花袋取材自佛教的作品，這邊白鳥特別提到的《某僧的奇蹟》，以江戶時代的天臺宗僧侶慈海（1624-1693）為主角。

乃花袋於四十七歲時完成，說是「明顯離開自然主義，轉為
宗教性哲學性的作品」。我打開手邊的花袋集，讀了《某僧
的奇蹟》，這位僧侶捨棄自我，抱著獻身濟渡眾生的態度，
民眾隨喜敬仰，只要這位僧侶外出托鉢，背後總是跟隨著大
批信眾，那些苦惱的女性，為愛煩悶的女性，老的少的，盡
皆跟隨在僧侶身後，合掌步行。貧者富足，困乏者有所得，
病者痊癒，弱者則恢復其力，不可思議的光景。他那「不求
而得，求而不得」的體悟，與他的日夜修行一起更加有了生
氣。靠著信者布施而改建的正殿，聚集了許多信徒，擠得水
洩不通，眾人異口同聲的誦經，這位僧侶誦經的聲音夾雜其
中，聽來更加高亢而莊嚴地響徹梁柱。[10]

　　這些光景，作者並非親眼所見，而是靠著想像撰寫的
吧？作為花袋之作，我興味盎然地讀，卻不覺得這篇作品有
什麼神祕的魅力，也沒有宗教光芒，作者毫無批判，只是尋
求慰藉地嘗試描繪宗教性的妄想罷了。撰寫《棉被》時，立
筆、思想依然幼稚，但卻為文壇帶來刺激，成了新潮流興起
的契機，但這扯上宗教的作品，卻沒什麼人有共鳴。上了年

10　此段是白鳥部分引用《某僧的奇蹟》第十八章，也就是作品最後一章的內
　　容。

紀後有了向佛之意，想要信仰宗教，這是人類共有的傾向，不過靠著刻板老套，是無法打動人心的。透過宗教讓晚年的心靈獲得平和，不是一件壞事，不過，同時自然主義也就到了盡頭。暴露現實的悲哀，無從解決的人生等等，最後靠著皈依神佛而收束的狀況，在西洋作品中俯拾即是，但日本的近代文學卻未走上這種道路──宗教性，與日本的近代文學如此扞格。

《櫻桃成熟之時》書中描寫的是年輕時的藤村，那時多少受到外來宗教的感化，但信仰似乎並未深入地走進生活，而教會算是青年男女的交際場合，或多或少享受的是這個層面。話說回來，這位作者在自己最後未完成的作品《東方之門》中，搬出了日本人特別深愛的、一種裝模作樣類型的高僧，帶著好意地把自己的情緒託付給這個角色，與花袋對某僧抱持好意、敬意並無二致。

世人總以為，某項技藝特別獨到的人，以人的身分經過磨練，自然能對生死有所體悟，即便是我，自小就這麼先入為主，到了現在卻也懷疑起這事。前陣子逝世的明治時期文豪幸田露伴，我經常想像他晚年的心境為何，透過文學修行，人的精神到底鍛鍊到什麼程度呢？話說回來，以自然主義式的人生觀來說，超脫生死、保持日常毅然決然的態度，

並不是我們所嚮往的，想哭的時候盡情痛哭，想生氣的時候變臉勃然大怒即可，花袋等人就說過類似的話。我曾經以為，行家或是天才型的人，應當很難親近或是尊敬，但是，經過長時間的文學修練，從文學的立場長時間地持續研究人，文學者的內心究竟如何發展呢？應當是作家各自理解了人類的本質，從結果來說，身為人類的作家，他自己的性格理應占了重要的成分吧？熊谷直實[11]忌諱背向淨土所在的西方，便背對馬首跨上馬鞍，谷崎潤一郎佩服他的虔敬之心，說自己沒有這樣對宗教的信念，只能埋頭於藝術之美，這是他年輕時寫下的感想，我想，若能達到埋頭於美的世界、忘卻其他的境界，應該是一件幸福的事情吧。我經常回顧著文壇的前輩、好友，思考他們的處世態度如何，日常的精神狀態又是如何，也想要把這當成自己處世態度的參考，但比這重要的是理解他們的生活方式，應該就是一件有意義的事。光讀作品便能好好理解作者，但作家的本質卻非原封不動地展現在作品上。作家是作家，作品是作品，兩者相異的情形

---

11 熊谷直實（1141-1208）平安末期至鎌倉初期的武士，出身於關東，一之谷之戰單槍匹馬擊敗平清盛姪兒平敦盛，因此成為能劇劇目《敦盛》的主角之一，他在源平兩家的戰役結束後出家。

並不罕見，即便是那應當毫無隱藏自身、如實書寫的自然主義作家之作，也有不能把這當成事實記錄的時候。

　　世人或許認為，藝術家的生活方式與普通人不同；也有些藝術家自己會想要保持與普通人不同的生活方式。其實這不限於藝術家，職業不同，自然生活也不一樣，無法輕易地有優劣高下之分。

　　寫到這裡，我在報紙上讀到真山青果逝世的報導（昭和23年〔1948〕3月27日）。他跟我，算是同時進入文壇。兩位作家相互對立，成為社會的話題，進而比較其優劣成敗，成為一種慣例。自然主義剛開始流行的時候，國木田獨步與藤村並列，獨步死後，則變成花袋、藤村兩人，而青果和我，則是下一組，被傳得像競爭對手一般。谷崎潤一郎與長田幹彥、武者小路實篤與志賀直哉、橫光利一與川端康成等等，這陣子則是石川達三與丹羽文雄[12]，讓當代的流行作家彼此對立，似乎是文壇的風尚。我與青果並無深交，但眾人總不斷在我耳邊說起他的生活、行事。我小心翼翼地過著不去借貸的生活，但青果則持續著放蕩不羈的生活態度。從

---

12 石川達三（1905-1985）、丹羽文雄（1904-2005）兩人均是活躍於昭和時代的作家，與老前輩白鳥同樣畢業於早稻田大學。

一開始，就有傳聞說他為小栗風葉代筆，但在那個時代，文
壇名家請門徒代筆，並不是什麼特別的事。更早之前，無名
作家為了讓新作問世，往往得跟知名作家借個名氣，二葉亭
四迷的《浮雲》上卷，便以春迺舍主人之名[13]出版。不過，
代筆盛行後也漸漸變得惡質，搞得名家取巧，以門徒的作
品應急，某一年的《新小說》新年號，知名作家排排站，
但卻有傳言，說作品過半乃是代筆。比起老成名家之作，
新進作家的代筆反而更有新意，這事偶爾也會發生。青果
雄文健筆，某一年的《中央公論》刊載了他的小說九次，
可謂如日中天，但不知道是否因為那不規律的生活，浪費
過度以致拮据，他一稿二投。儘管是為了要有即時收入，
之後也打算重寫一篇替代，但卻趕不上截稿的期限。結果
《太陽》與《新小說》兩大雜誌，同一個月，刊載同一篇作
品，只不過篇名不同，這就是大問題了[14]。雜誌的編輯也有
責任，據說他們一同決定今後拒收青果的稿件。因此，就連

---

13 坪內逍遙的筆名，當時由於逍遙率先享有盛名，便幫助二葉亭的小說出
　版。
14 1908年，青果在白鳥提到的兩本重要雜誌上發表了〈妹〉、〈弟之碑〉兩
　篇，卻是同樣的作品。1910年12月、1911年1月再次發生一稿二投的事
　件，此後接受青果稿件的雜誌大幅減少。

青果也不得不灰心喪志，但才華洋溢的他，轉而撰寫新派劇
本過日子，時代則激烈轉變，某一年[15]，《中央公論》上突然
出現一篇新劇《玄朴與長英》，作者乃是青果，舊識如我，
不免大吃一驚。聽說是他的兒子被學校同學嘲笑說：「幫
什麼講談社的雜誌寫稿，不入流。」便要父親幫更高階的
好雜誌寫稿，青果也就為了孩子的名譽努力，撰寫新的劇
本。當時收到稿件的《中央公論》總編輯，猶豫不知如何
取捨，最後還是決定刊登，文壇對這篇作品讚譽有加，因
而有青果復活之說。然而，他卻沒有躋身文壇的意思，主
要還是把精力放在戲劇界實際上演用的劇本創作，而且，聽
說還把研究井原西鶴當成畢生事業努力，為了西鶴勞心、散
財，徹底調查探究。年輕時放蕩不羈，後來卻有這種不求名
利的研究態度與好學意志，非常不可思議，像我這種人，遠
遠不及。

　　青果這樣的生活方式，也是文學家生活方式的其中一
種。他應該無法光靠自己的創作獲得滿足，因而透過研究西
鶴來撫慰內心吧。他是否光靠這樣就安心地以為這算得上
具有一輩子意義的工作嗎？他的成名作《南小泉村》，比起

---

15 指1924年。

《土》更加殘酷地描寫農村與農民，而他的劇作大部分是嚴
厲批判人類的作品，態度粗暴，看這種戲的觀眾真的享受其
中嗎？

　　同為新人作家，我與青果一起進入文壇，但兩人鮮少有
接觸的機會。打從一開始，我最親近的文壇好友，是近松秋
江，同鄉而且同窗，只有我們兩個在畢業後必須靠著文筆營
生，因此，在無數的文壇人物之中，秋江是我最清楚的一
個。靠著暴露現實的精神，他毫不保留地寫自己的事情，不
輸給任何一位自然主義作家，但這不意味著他把自己的事情
都寫了徹底，也不代表他中肯地、正確地寫著。因此，我
總在心中描繪著那與他描繪的自己相異的他。花袋曾說過：
「把綠雨身上的嘲諷拿掉，就是秋江。」不識齋藤綠雨的
我，藉著這句評點想像他的樣子，不過，秋江的內心之中，
應該存在著與綠雨毫無關係，像是近代性憂鬱的東西吧？他
時常去聽內村鑑三的演講。如同他作品所表現的，對女性異
常執著，但是對其他事情，卻是容易厭煩，無法專心致志、
全心投入，在他身上，你看不到像青果那樣的堅持與狂熱。
儘管他時常把由衷喜好近松門左衛門等人的淨琉璃這事掛在
嘴邊，但他卻無法用英文長時間閱讀西洋文學作品。他說他
喜歡阿米埃爾〔Henri Frédéric Amiel, 1821-1881〕的日記、

桑塔亞那〔George Santayana, 1863-1952〕的美學、聖伯夫
〔Charles-Augustin Sainte-Beuve, 1804-1869〕的評論，不過，
我想那應該只是隨手讀個兩三行，想像出來的感動罷了。
但，光只讀個兩三行，卻能靠著直覺陷溺在他獨特的感想之
中，正是有趣之處。因為我相當了解他才有這樣的結論，但
對於其他的作家、論客，我也會用秋江類推，想像真相到底
如何。青果研究西鶴的態度是一種類型，秋江對藝術的玩賞
態度，也是一種類型。像是泡鳴、花袋或是藤村，他們鑑賞
西洋文學的程度，比起秋江，或許只是五十步與百步之差。
在巴黎的落腳之處，藤村不小心吐出了輕視歌劇的幾句話，
讓周遭的青年大張撻伐，這如果是在日本，用著藤村獨特的
沉重口吻述說，身旁的聽眾應該會以為是貼切的批判，點頭
稱是吧。

　　秋江打從心底是個懶散的人，責任感極其薄弱，同時也
是個缺乏忍耐力的男性。然而，他卻靠著不顧羞恥與聲譽地
暴露自己醜態，在文壇獲得肯定，得以勉強過著貧乏的生
活。說起來，藉由不顧顏面的自我告白而換取食糧，值得哀
憐，讓人想起綠雨那微些淒涼的格言警句：「鮪魚背堤吹晚
風，割肉賣身碗盤中。」[16]然而，這種暴露自我的描寫之所
以能夠感動讀者，仰賴的是他獨特的筆力，如同藤村的《新

生》等篇，靠著藤村獨到的藝術力道，為讀者的內心帶來感動。這次我重讀秋江的幾篇作品，感動的是儘管他阮囊羞澀，卻會每個月提供生活費給一位京都的遊女。半年、一年未曾前去拜訪，兩人也沒見面，只是相信著未來這女子還清借款成為自由之身後願意與他同居的約定，帶著期待熬過現在落寞的生活。我知道他到處跑遍雜誌社、書商賺點零頭，想到他把這些錢投資、期待將來幸福的心境，頗有滑稽之感。平時多話的他，只有這事守口如瓶，而且，沉浸在祕密的愉悅之中。為了這位遊女，秋江一定寫了不少他最拿手的、文情並茂的情書。或許人們會說，此舉並不罕見，時有耳聞，但因為我認識當事人秋江，又熟讀他的作品，兩者相比，得以觀察人類真實的一面，這點就不是尋常之事了。莫泊桑或契訶夫的小說之中，或許有同樣的作品描述男性的這種心境，也就是想像他日能夠同居的幸福，對於某位女性連面都不見，只是提供生活之資，而這樣的內容可能被當成想像的故事，讓人興味盎然地閱讀，然而，秋江的故事有如想

16 引用自齋藤綠雨1897年4月開始連載的《備忘錄》第二章，由短文所組成，敘述當時軼聞趣事，並批評文化風俗，文章相當簡潔。此處以日文「土手」同時可指鮪魚的背肉與河邊的堤防，一方面寫秋日，一方面又描寫販賣鮪魚的光景。

像，卻也如血淋淋的現實同樣地撼動著我。若是契訶夫或莫泊桑，應該會安排讓作品中的男性與一般女性在契約下提供金援，但秋江選的是京阪地區的遊女──而且是身分甚低的遊女，然後鞭笞著自己的懶散，把辛苦賺來的錢財供應女方。女性是身分低下的京阪遊女，這點富含日本傳統上的妙趣，對我來說，秋江選擇了她提供經濟援助，正是我倍覺真切的主因。而讓期盼逐漸幻滅的事件接踵而至，作者與作品中角色盡是千愁萬緒，充分展現出小說被視為讀物的效果，然而，正因為作者是我所熟知的秋江，光那持續提供「流血掙來的錢」、夢想來日幸福的人物心境，便得以深深地吸引著我。秋江就是這麼活著的。人類的幸福不過就是如此，本願寺或羅馬教宗的信徒捧著淨財或不淨財，夢想著來世之幸，歸根究柢，兩者並無不同。我們一般把自然主義者所創作的作品，視為暴露現實而帶來幻想破滅的文學，但是，自然主義者自己卻如同秋江這般，夢想著幸福。花袋曾經說過：「一般人會以為藝術家的內心無法理解。那冷酷、殘忍，沒有真心的內心，一般人自是這樣想。」

　　福樓拜似乎也說過類似的話，但是，這次我重讀各個作家一篇又一篇作品，既然決心不顧顏面地書寫己身，我們日本的這些自然主義作家只要有著真心，什麼都能書寫，而這

種書寫態度並非是無法被理解的——秋江的作品，最讓我
有這樣的感受。秋江寫道：「在這之前，只要自己熱愛的女
性開口要求，我願意一生居住於此直至化為京都的塵土，
可是，在那之後的這個京都，我是何其憎恨，內心咒詛。如
果可以的話，我甚至想把這塊住滿薄情京都人的土地用一把
火燒成焦土。」[17]我想像，或許有天會有個人出現，把炸彈
丟向那背棄了我、讓我心煩悶不已的人們所居住的世界，毀
壞一切。在這，我提到的每位作家，寫的盡是生存苦惱，而
生存的喜悅或許比想像中更難書寫，又或是不值得書寫，卻
未在誰的作品中明確現蹤。若能夠描繪耀眼的生存喜悅，生
存苦惱想必也會更加具體，但是，或許因為這些作品並非如
此，才看起來灰濛濛的吧？

　　傳聞藤村對著臨死之前的花袋問道：「將死之際，心情
如何？」此事是否為真，不得而知，但的確像藤村會問的
話。一輩子盡心於理解人生真相的花袋也曾經在某篇文章寫
過，萬一有天目不能視、耳不能聞，也要靠著皮膚來理解人

---

17 引用自近松秋江於1922年所發表的小說〈降霜之宵〉第三章，描寫作者
　　與四十歲時拜訪京都結識的遊女之間的故事，《黑髮》系列中的其中一
　　篇，白鳥於第六章也有提到這個系列。《黑髮》經過多次再版，其中1952
　　年的岩波文庫版的解說由正宗白鳥撰寫。

生。所以，臨死之前，對臨死之人的情緒亦應有所體悟才是。而且，藤村一問，花袋一答，此事乃自然主義式的人生紀錄，值得尊重，但這並非一般人情世故中會發生的事，有如活體解剖。德田秋聲曾提過「自然主義的莊嚴」一詞，這是在徹底地表現現實中所感受的莊嚴嗎？秋聲的某類作品，或是秋江的《疑惑》、《黑髮》等作，呈現的都是作者體悟的事實，卻難以用「莊嚴」形容。「莊嚴」之美，應是一種古典，從自然主義式的人生觀來說，這類詞彙只是虛幻的形容詞，人類的日常現實生活應該無法稱得上「莊嚴」才是。

　　獨步早逝，秋聲、藤村、花袋、秋江、小劍等人算是長壽，各自淋漓盡致地展現出個人特質。讀者若能仔細閱讀他們的作品，必定能找到些許有關人世生存之道的提示，儘管你可能會發現，再怎麼找卻只不過如此，深深感受未能解決的懸宕，但是這樣的感受也是一種修行。這些人之後的日本作家，是否以不同的方式為讀者帶來了啟發？這些人所描繪的，當代「為了活下去的苦惱」，與第二次世界大戰投降後的今天為了活下去的苦惱，內容並不相同。現在的作家，在作品中呈現的，理應是比過去的這些作家更為深刻的生存苦惱。然而，事實真是如此？前陣子逝世的菊池寬，在第一次世界大戰後日本相當富裕的時期踏進文壇，一度風靡一世，

他的作品反映著時代特質，光明而且豪爽。不過，今日重新
回顧，當時的日本是個膚淺的時代，菊池的作品也如皮相之
物。當代時勢如此，在今後的文學中，與菊池那光明風格的
同樣類型的作品，不太可能再度盛行。我想，時代的苦惱自
然會棲息於作家內心，接著浸透進他們的作品吧？

第九章

「私小說」一詞到底是誰命名的呢？這個詞彙廣為流傳也是近幾年的事情，而自然主義興盛時，這個詞彙當然尚未風行。年幼時，在西方的小說中讀到以「我」為中心寫成的作品，便推測這個「我」，指的是作者自己。然而，稍些懂事之後，我才明白這個「我」是所謂的「Poetical I」〔詩化的我〕，是想像的我，並不一定呈現的是作家自己。日本的第一人稱小說很早出現，但把小說中的我與作者混為一談，是自然主義出現以後的事，而「私小說」成為一種文類，則是大正時代之後。

　　「正統小說」[1]與「私小說」被視為對立之物，乃是這幾年
的事情。話說回來，「私小說」一詞到底是誰命名的呢？這
個詞彙廣為流傳也是近幾年的事情，而自然主義興盛時，
這個詞彙當然尚未風行。年幼時，在西方的小說中讀到以
「我」為中心寫成的作品，便推測這個「我」，指的是作者
自己。然而，稍些懂事之後，我才明白這個「我」是所謂的
「Poetical I」〔詩化的我〕，是想像的我，並不一定呈現的是
作家自己。日本的第一人稱小說很早出現，但把小說中的我
與作者混為一談，是自然主義出現以後的事，而「私小說」
成為一種文類，則是大正時代之後。

　　私小說的寫法形形色色，有一開始便以「我」來寫的作
品，也有以第三人稱的假名來寫的作品，甚至有著只有作
品中的作者「我」使用假名，其他人物則使用實際姓名之
作（德田秋聲的《逐光》便是一例[2]）。國木田獨步的第一人
稱小說，作風模仿屠格涅夫等人，與文壇後來的「私小說」
有所不同；近松秋江的書信體以及情癡小說，算是純粹的私

---

1 原文為「本格小說」。
2 1938年於雜誌《婦人之友》連載的長篇小說，是秋聲的自傳小說，主角名
　為向山等。

小說。武者小路實篤等白樺派作家，以及菊池寬、芥川龍之介等新人作家，他們讓明確的「私小說」得以問世，菊池的多篇「啟吉」故事，便是以啟吉這個假名所撰寫的私小說[3]。私小說，也就是如實書寫自身經驗，看來與自然主義的本質並無不同，但是白樺派的作品，抑或是菊池、芥川作品中的「私小說」，卻不被看成自然主義之作，作家自己也不會這樣想，甚至他們自許是自然主義的反對者。同屬私小說，自然主義的「我」，與他們的「我」，究竟有何不同？世人總是批評自然派的作品露骨地敘述性慾，欠缺情調，毫無詩意，枯燥乏味，陰沉等等；至於白樺派以後的「私小說」，大家認為這些作品光明、爽快，沒有扭曲、卑怯之處。然而，作出區別是困難的，我們很難把一個個作品拿出來，然後篤定地說某個作家特別光明或是富含情調。

　　長久以來，我接觸明治大正時期知名作家的作品，反覆閱讀，我屢屢有個感想，那就是自然主義的重要作家們，身為創作者的天分並不突出。明治時代以後，不管是什麼領域，具備非凡天分、豐富才能的人們相當稀少，即便是藝術

3　菊池寬一系列以啟吉為主角的故事，如〈妻的責難〉、〈啟吉的誘惑〉，集結為小說集《啟吉物語》，1924年出版。

界，一般也認為超凡之人屬於少數，而這些身為小說家的自然主義作家，沒有一個擁有豐富的創作能力，相形之下，夏目漱石則是天生具備十足的創作能力，谷崎潤一郎亦是如此。從「貓」開始[4]，漱石一篇又一篇地完成《少爺》、《草枕》這些獨特的作品，而且寫得輕鬆，讓人驚嘆。這點，我們自然主義的首腦島崎藤村遠遠不及。然而，換個角度批評的話，不管是《少爺》或《草枕》，或許也能說是篇淺薄且即興之作，現實中，教師在中學的生活，絕對不可能是《少爺》裡描述的那般，在今天想必如此，就算是那個時代，也一定與作品所描繪的不同。森鷗外的歷史小說被稱作高級說書，那麼《少爺》便可稱為高級單口相聲。說書與相聲是一種有其存在價值的社會藝術，我們自然不敢輕蔑，但是，鷗外的歷史小說或漱石《少爺》中所蘊含的思想、人生觀、藝術觀，與時代同樣平庸。《少爺》裡的正義，不過是迎合大眾的鄙俗。藝術本是如此，這種事沒什麼大不了，只要有藝術的趣味即可，不過，像是這一陣子鷗外論與漱石論頻繁出現，論述煞有介事，好像他們的思想比起其他作家更為深刻，這點我無法同意。

---

4 指漱石的小說處女作《吾輩是貓》。

　　不管是田山花袋、岩野泡鳴，或是島崎藤村、德田秋聲，他們並沒有豐富的創作才能。或許正因如此，他們一點一滴地書寫現實生活的苦惱，人生的真相才得以展現。像漱石那樣，憑藉才氣地寫，讓作品充滿趣味，反而可能遠離了真實。花袋寫得快，據說他全盛時期的某年正月，答應了全部的邀稿，一次發表十二篇新作，但他晚年卻對自己在文壇的地位甚懷憂慮，出版了花袋全集，卻賣得不好。聽說他吐露道：「不想要走下坡。」這的確像是容易感傷且誠實的他會講出口的話。《源義朝》[5]付梓時（大正13年〔1924〕），我們幾個好友藉這個機會幫他在田端的自笑軒[6]舉辦一個類似慰勞會的聚會，那時，他醉醺醺地吐露感傷的慨嘆，說：「你們一定是可憐這個已經不中用的我，才辦聚會的吧？」我們聽到這句，頗覺意外。晚年的花袋，心中不知道是什麼打算，寫了幾篇歷史小說，這篇《源義朝》，是相當有趣的作品，以義朝的愛欲為中心，花袋也透過這個歷史英雄呈現

5　源義朝（1123-1160），是開設鎌倉幕府的源賴朝之父，因族人叛變遭到謀殺。

6　1909年由宮崎直次郎開設的餐廳，這場聚會剛好是12月25日，除了白鳥、藤村、秋聲、星湖等自然主義作家以外，芥川龍之介、宇野浩二等文壇流行作家也有列席。

自身愛欲。「手無寸鐵，裸身在浴室遭到殺害，那源義朝的悲壯生涯」──就算不是花袋，這也是讓人燃起創作欲望的好題材。

　　或許花袋對自己的衰退十分悲觀，但自然主義即便衰退，也沒有落到手無寸鐵、裸身遇害那樣的地步。藤村、秋聲的作品是愈加深厚，綻放光彩；泡鳴逐漸被社會接受，筆底生花──這花不見得美，但是筆愈來愈順。然而，自然主義原先光芒四射的招牌褪去了色彩，再也沒人覺得這東西珍貴，而有如自然主義孕育出的「私小說」作風，現在依然是個議論紛紛的問題。

　　戲劇方面，市川團十郎呈現了所謂的「活歷」[7]，為自古以來的歌舞伎風格的表現方式帶來革新。他在明治初年便對傳統戲劇有所不滿，因而思考如何呈現人性的真實層面以及時代的真相，據說他曾對著彥三郎[8]說道：「就算是盔甲武士呀，熱的話還是會說熱吧？」對他來說，武士要是覺得熱，就會想脫下盔甲擦擦汗水。儘管他的戲劇改革並不是

7　第九代市川團十郎所主張的歌舞伎表現方式，剔除過往的荒唐無稽，注重史實。

8　此處應為第六代坂東彥三郎（1886-1938），經團十郎提拔成為歌舞伎的重要演員。

什麼了不起的東西，從今天看來也不夠徹底，但確實讓歷史
人物貼近了現實。明治時代的文學，靠著坪內逍遙《小說神
髓》等作品打破舊習，往人生寫實的方向邁進，但硯友社的
寫實卻只流於表面[9]。不管是什麼時代，依照作家的才能自然
會在作品呈現文學的真，但認真追求呈現真實的創作態度，
卻是自然主義興起以後的事。

　　鷗外以《性慾生活 Vita Sexualis》為題，發表這部書寫
自身性慾歷程的小說時[10]，據說逍遙繃著臉說道：「鷗外不需
要寫這種東西吧。」我們可以想像，鷗外並不是玩真的，而
是心想：「自然派這群人拚了命寫性慾，那我也來寫寫，看
我寫得如何？」牛刀小試，洋洋得意。話說回來，鷗外敢做
這樣的事，比起逍遙，心態更加年輕，身為文壇大家，倒沒
動脈硬化的問題，過去他就寫過《舞姬》、《信使》等篇異
色而新鮮的私小說，即便是描寫別人，也以客觀態度描繪
人生事實，不少作品體現了自然主義的技巧。《澀江抽齋》
等考據之作，描寫人生的真實風景，相較藤村的《黎明之

<hr>

9　硯友社文學作品流行的時代剛好是在坪內逍遙、二葉亭四迷嘗試寫實主義
　　之後，自然主義興起以前。

10　1909年發表於雜誌《昂》，卻因內容與性事相關，使得雜誌遭到政府禁止
　　販售。

前》，呈現的是過去的原貌。所以，你其實可以說這些是將
自然主義理論發揮到極致的作品，而且，你會發現，到了那
裡，似乎就是盡頭了。幸田露伴的文學人生相當長，但卻絲
毫未受自然主義影響，是個純粹的保守文學家，對今天具備
文學教養的知識分子來說，鷗外與露伴是明治二〇年代日本
新文學登場以來的巨匠，深受敬重，但這兩人的藝術心境，
卻是大相逕庭。鷗外與逍遙、露伴迥異，作品富含新意，經
常書寫自己的現實生活與平時心境，有著諸多比起創作力貧
乏的自然主義作家更加巧奪天工的作品。但是，他自視甚
高，並不想與自然作家為伍，文壇眾人也就把他當成不同的
崇高作家來看，這當然不是個問題。日本自然主義作家與作
品是種特別的群體，在世界文學史中無法找到類似的例子，
這一派的作品靠著稚拙的技巧、雜亂的文筆描寫平凡人的困
難與苦悶，而且，不試著引起讀者興趣，是特色之一。硯友
社的小說自不待言，就連漱石寫報紙連載小說，一開始也得
苦思如何取悅讀者。最近報紙連載小說的創作，主要目標當
然同樣是引起讀者的興趣。

　　即便是同屬自然主義，西方的作品相當有趣，日本的則
枯燥無味，有部分源自於才能的差異，也有部分的原因是
態度不同。誇張一點來說，自然主義的功績與弊端就在此

處。人們總說：「自然主義讓小說變得無趣。」可是讓小說無趣的這一點，其實是日本自然主義的特色。前陣子馬場恒吾[11]在《讀賣新聞》寫了一篇感想[12]，說：「我這陣子讀了幾篇在美國出版的小說新作，每一篇都很有趣，超乎尋常地有趣，於是，我開始想，為什麼沒人來寫不有趣的小說呢？」這段話讓我頗有空谷跫音之感。他又說：「我讀雨果〔Victor Marie Hugo, 1802-1885〕的小說，讀哈代〔Thomas Hardy, 1840-1928〕的小說，又或是讀托爾斯泰的《戰爭與和平》，這些都不是一開始就充滿樂趣的作品，而是相當難讀。但是你如果耐著性子讀，會深深受到吸引，獲得難忘的體驗。這些和那些讀來有趣，讀畢也就結束的小說不同，如果日本不能有這種無趣的小說問世，那文學也就沒有了樂趣。」我認為他的感慨，是頗有見識的論點，我們應當思考這樣的論點並非出自文壇人士，而是發自局外人。現在的知名作家，似乎想的只是寫出有趣的作品讓書大賣，就連報紙上的小說，只要有一天的內容無趣，好像就沒有刊

---

11 馬場恒吾（1875-1956），媒體人、評論家，1945年擔任《讀賣新聞》社長，後任日本新聞協會會長。

12 馬場恒吾於1948年4月6日所發表的社論，標題為「日記選篇」。

載的價值。過去，鷗外的歷史小說、長塚節的《土》、藤村
的《家》等等作品，儘管報社有意見，但還是刊登這些作
品，時代已經不同了。雖說是期待「無趣小說」的問世，但
這當然不能只看字面的意思，日本的自然主義小說的確有很
多無趣的作品，但耐著性子讀，最後也不會有什麼了不起的
感受，只會想說：「啊，好無趣。」但是，你卻不應該忽略
這種寒酸文學後來對文壇的影響。日本的自然主義文學是無
法改編為戲劇的文學，是翻譯到國外也無法讓人帶著好感閱
讀的文學，但是，對自國文學卻有絕大的影響。就連漱石
也寫了《道草》，在他的作品中，這篇確實值得一讀，但與
《家》、《生》、《黴》相較，真的鶴立雞群嗎[13]？我並不這
樣想，這篇比起自然主義之作是小心謹慎，文字也精煉，讀
來愉快，但漱石似乎不像自然主義作家那樣地拋頭露臉，看
不到汙穢，也沒有讓人不舒服的地方，更不用說什麼醜態畢
露，而是一副紳士的樣子。我並不是批判《道草》的創作態
度，這樣的態度並無妨，或許從藝術作品的價值來看，亦是
漱石的作品較高，但另一方面，像是泡鳴的《放浪》、《斷

13　漱石1915年於《朝日新聞》連載，主角健三被視為漱石的分身，是自傳
　　色彩相當濃厚的作品。

橋》，這種旁若無人的暴露自我小說，卻是凜然存於世，在
日本文學中扮演著異色存在，不可忽略，有如紳士旁站了個
無賴漢一般——可這個無賴漢，卻是不遜於當時藝術至上主
義者，熱中於藝術的作家。

我並不是在剛起步時就以自然主義態度寫作，也沒有自
許為自然主義作家，純粹被他人歸類於此。就我所知，自己
標榜自然主義的，只有花袋與泡鳴。而這個泡鳴，一方面是
日本主義者，又是法西斯主義的信徒，他如果活到今天，很
可能會觸犯追放令。一般認為自然主義與自由主義有所相
通，但當時的日本自然主義者的思想卻不必然屬於自由主
義。花袋也算不上是自由主義者，但他率直且單純，知曉戰
爭的恐怖，也在士兵的身上清楚地看到人性。獨步在日清戰
爭時擔任隨軍記者，以《愛弟通信》為題，譜出勇悍的隨軍
手記，但參與日俄戰爭的花袋所寫的隨軍記，卻沒有獨步那
樣聲勢浩大。

短篇小說《一位士兵》是花袋隨軍的紀念，文筆有如往
常般粗糙，描寫不夠深刻，但卻直接描繪了戰場的痛苦，真
誠地呈現一名患病士兵的苦惱，詭異的國家主義與忠君主
義則隱身其後。士兵心中明白[14]：「這病，腳氣病，就算能
治好，戰場也是巨大的監牢，不管怎麼掙扎與焦慮，依然無

法從這巨大的監牢中脫逃。」他後悔,「現在才發現出院是件蠢事,應該從醫院被遣送至後方才對。」接著哭出聲,「不行了,沒救了,無路可逃,連走下去的勇氣都沒了,眼淚不停地流。如果神真的存在的話,請救救我,請告訴我該怎麼做,往後怎麼吃苦都沒關係,善事我全都肯做,什麼我都不會逃避。」他也反省著,「看著戰友渾身是血的樣子,我也不是毫無感動,我想這就是為了國家,是種名譽,但是,別人流血,跟我流血,卻不是一樣的事。」透過粗糙的文筆,如實呈現平凡之人的平凡感受,我不知道這是否算得上藝術價值崇高的作品,但你可以在它看到日本自然主義的特色。花袋不像鷗外或漱石那樣在作品中炫耀武士道的種種,這一點吸引著我的目光,如果鷗外算是武士後代的話,那花袋亦算是誕生於武士之家[15],但花袋作品中的武士氣息相當微弱。

　　他在晚年發表了長篇小說《槍殺一位士兵》,描寫某個士兵因為女性關係而逃兵,最後遭到槍殺的故事,這篇也呈現了花袋式的自然主義觀點,即便是他意欲隨軍之際,抑或

---

14 以下引用於花袋的〈一位士兵〉,白鳥有做些許的更動。

15 鷗外一家在江戶時代是服侍當地諸侯的醫師,而田山家歷代乃秋元藩藩士,也就是侍奉地方諸侯的武士。

是身處戰場之際，他都沒有戰意激昂的情緒。「就連時代與
國家也和自己的閱歷與命運同樣地被盲目的力量所支配，持
續著從無限被推往無限，混亂加上混亂，紛擾加上紛擾，時
代、國家與個人就這樣地在某個巨大的潮流中流轉而去。自
身平凡的生活，正確來說，應該是平凡人類的生活——多麼
虛無的現象！就這樣地時間只是流逝。」[16]這是他在日俄戰
爭後所寫的長篇《妻》最後吐露的戰爭觀點，即便是面對這
場大戰，感傷的他依然覺得這只是種虛無的現象。平凡的生
活，平凡的人生，如此感受纏繞著他，讓他的作品也變得平
凡。平凡的自然主義，枯燥乏味而且無趣的自然主義文學，
當然無法取悅一般小說讀者。然而，數十年後的今天重讀作
品，在那無趣之中，你會發現時代的真相就蟄伏在那裡。

　　花袋後來發表了《某僧的奇蹟》、《殘雪》等宗教性作
品，也寫了《源義朝》、《通盛之妻》等篇歷史小說，但他
終究沒有超脫直書自己愛欲的態度，依然是往日的花袋。
他在《福岡日日》[17]連載的最後長篇《百夜》，可以說是他拿

16　引用自《妻》最後第四十六章，此處的破折號也同樣省略了一個段落。

17　《福岡日日新聞》後與《九州日報》合併，更名為《西日本新聞》，發行
　　至今。

手的愛欲小說集大成之作[18]。人經常會產生近似宗教體悟般的
情緒，而靠文筆營生的人便會公開對社會陳述，但那很有可
能並非徹底轉變成那種情緒，像花袋，他離開人世時依然因
愛欲而煩惱著吧。抱月曾經說過：「自然主義的文藝將我們
引導至宗教之門，聯繫上所謂宗教性的世界，創作時我們的
目光，便應該放在此處。」何以如此？依照抱月的邏輯，他
說：「自然主義之所以拋棄理想、解決，是因為這是淺薄狹隘
的選擇，我們追尋的是盡頭那更為最後且絕對的事物，直接
加以揣摩，自然主義的新生命因而湧現。」接著他這麼說明：
「我們想捕捉最為深刻的事物，不加矯飾地，赤裸裸地──直
接讓原先有所分隔的絕對不可說本體連結上極端寫實性的表
面，寫下的事實直接暗示了未寫的人生全體。因為是人生的
全體，自然無法明確掌握，所以要讓人能夠想著原來還有這
樣的人生，同時直接地提出人生全體的命運課題，讓人千思
百慮。讀罷掩卷，一種冥想式情調會驅使我們，讓我們可以
回顧各式各樣的人生問題。然而，左思右想，卻無法獲得滿
足，讓願求之情無限自由，此時，心靈的活動會帶來無限的

---

18 花袋剛過世時，白鳥曾感嘆這篇小說並未出版成書，只能透過報紙閱讀，
　　埋沒了作品價值。

喜樂，我們將這命名為文藝盡頭的宗教性情調。這如果化為解決，便會產生新宗教，或是新道德。」[19]也就是說，對於人生抱持懸宕未解態度的自然主義，其實將往新宗教、新道德的解決之路前進。不過這僅是抱月的夢想，日本的自然主義並未真正促使新宗教、新道德的誕生。藤村最後未完成的大作《東方之門》，似乎也未能引導我們走向宗教之門。

秋聲的《扮裝人物》是將作者晚年取材自身愛欲生活的數則短篇結集成冊的長篇，亦是他評價最高的作品。到了自然主義時代末期才受文壇認可的這位作家，在讓人目眩的時代變遷中，獨自以自然主義的化身長存於世，相當不可思議。藤村後來也停止了自己的生活紀實，開始寫《黎明之前》、《東方之門》這樣的歷史小說，只有秋聲毫無迷惘，數十年不變地持續書寫著秋聲文學，不厭不倦，經年累月，就是寫著，讓人心服，運用著同樣的素材，持續書寫。儘管他出生於真宗興盛的北陸地區[20]，卻無宗教氣息，即便到了

---

19 引用自抱月1909年於《早稻田文學》雜誌發表的〈自然主義之價值〉，他援用心理學以及美學上的知識講述自然主義的存在價值，並將自然主義的未來導向新價值觀的建立，因而帶有宗教性。

20 淨土真宗早期的本願寺教團就與北陸地區有很深的淵源，現代則有所謂的十派，其中有四派的本山位於福井縣，與秋聲出生的石川縣金澤同屬北陸地區。

晚年，看起來也不想念南無阿彌陀佛。

　　藤村與我並無深交，花袋算是前輩，我跟秋聲則是以友人相待，文壇眾人很早就把他當成「嘗盡人間甘苦而知曉人情世故的長輩」，但這並非事實。他打從年輕時便是一張緊繃、上了年紀的面孔，話也不多，乍看之下，你不會覺得他像是個在社會任何一個領域活躍的人。作品也是從一開始就極為樸素，毫無青春的華麗。正因如此，適合當朋友，我與他頻繁往來，算得上莫逆之交，但卻不怎麼常聊文學，我也沒多讀他的作品。秋江甚早便好讀小栗風葉、德田秋聲的小說，時常對著我推崇秋聲的技巧，透過他的品評觀點，我也時有所獲。在夫人尚未逝世以前，秋聲壯年期的作品人稱「客廳小說」，大多以客廳為中心，描繪一般人的日常生活，或以客廳的茶餘飯後的話題為素材，描寫市井的生活光景。而且，這正是秋聲老練而拿手之處。秋聲的後期，也就是夫人死後，他無法安於客廳，與兩三位女性交往，開始出入舞廳或是花柳界，過著與往日秋聲判若兩人的生活。這影響到他的作品，往日的客廳小說也變為華麗的愛欲小說或藝妓小說。秋聲居然如此對一位女性沉迷，我覺得相當詫異。但是，這感覺不過是證明我不明事理罷了。某次他帶著一位女性參加某出版社主辦的賞劇活動，花袋看了，便說：「實

在不該帶那種女人參加這種眾多友人出席的活動。」我見過泡鳴作品中的幾位女性，秋聲作品中的女性我也見過幾次，他們似乎以為，包含我在內的友人們覺得他們所愛的女性相當美麗，同時嫉妒他們的豔福不淺，我只能啞口無言，上司小劍亦是嗤之以鼻。自然主義作家理應有著卓越的客觀性觀察、描寫能力，但只要他們一旦沉迷，便無法公平地觀看事物。秋江對女性的觀察乃自我本位，如果讓對方有發言權的話，我們或許就會發現紕漏百出。而秋聲對女性的觀察又如何呢？

　　《扮裝人物》冷靜的筆觸讓人印象深刻。「自己實際身處其中所見的自我，抑或是整個事件，想要娓娓道來卻不因那是愉快回憶，也不會對現在他的生活環境有所影響，不如悄悄地把那藏在抽屜的最角落，但說句實話，這讓人覺得有些可惜。」[21] 雖是這麼說，我讀了這故事只覺乏味。乏味，是自然主義文學的累贅，秋聲前期的幾部長篇盡是乏味之作。不只乏味，儘管一篇接著一篇描繪深刻，但對於作品中的女主角，我卻毫無親近之感，這是為什麼呢？是因為我知道現實中的女主角本人，才心生反感的嗎？為什麼我會邊

---

21 引用自秋聲《扮裝人物》的第一章，敘事者開始講述故事的段落。

讀，一邊心有不快呢？是因為我對作者晚年實踐愛欲之舉不
具好感嗎？那麼，這並非公平無私的閱讀方式，但我的感受
卻無法改變，我喜歡的是那些客廳文學時期的，恬淡人世故
事。

　　「新興藝術、普羅文學──這兩個迥異的新藝術運動，
像是洶湧的潮流般地襲向文壇，庸三滿身傷痕，卻又隱隱約
約地覺得心有不甘。──從時間來看，這輩子的黃昏已經迫
在眉睫，不禁懷疑是否會就這樣自我滅亡，但卻又會覺得，
可不能讓自己衰弱到完全絕望，無法討回一點顏面。」[22] 他
的感想，連我也頗有同感，自然主義文學的沒落已是許久以
前的事情，殘黨只能在這被不同潮流席捲的文壇中，千辛萬
苦地找著棲身之處。當時的狀況，就連秋聲都需要秋聲援助
會 [23] 的籌辦。自我滅亡與否，只能戰戰兢兢。

　　然而，《扮裝人物》完成之後，秋聲繼續著手長篇《縮

---

22 引用自秋聲《扮裝人物》的第二十一章，大正末期至昭和初期，文壇流行
　　的是社會主義的普羅文學，以及因為普羅文學興起而對抗的現代主義文
　　學。
23 1932年，年輕一代作家如阿部知二、井伏鱒二等人創立了「秋聲會」。同
　　年秋天，藤村等人發起「秋聲後援會」，這些都是為了鼓舞秋聲而成立的
　　組織。

圖》。戰爭時期之中，卻將戰爭置之度外的作品——創作這樣一篇嚴守純藝術態度的作品，實屬暢快。在時局的影響下不得不中斷書寫，永遠無法完成作品[24]。不過《縮圖》的未完算是比較不嚴重的情況，秋聲已經完成大部分的內容，而《東方之門》中斷在序曲[25]，更是讓人遺憾。戰爭結束之前，這兩篇未完的長篇像是日本自然主義文學的謝幕，捧讀在手，令人感慨萬千。

　　《縮圖》與谷崎潤一郎《細雪》並列，戰爭剛結束時文壇大力推崇這兩篇作品，後者是盛開的春日花蕊，而前者或像恬淡的秋日花草吧。《縮圖》描寫藝妓的世界，卻無濃妝豔抹，也沒什麼風情時尚，不過只是秋聲獨到的平淡寫實小說。硯友社時代的小說家喜好拿藝妓作為小說題材，作者把她們視為特別的女性，興致勃勃地描寫她們的行為。尾崎紅葉、齋藤綠雨、泉鏡花等作家，各自描寫了身為藝妓的女性。而永井荷風或是里見弴，他們所描寫的藝妓則比過去小

24　1941年6月開始在《都新聞》連載的長篇小說，卻因政府干涉，中止於第八十回。秋聲在稿件尚未完成前離世，而未能發表的部分，在戰爭結束後的1946年以單行本出版，川端康成認為此篇是「近代日本小說的最高峰」。

25　藤村在1942年10月開始撰寫這篇小說，十個月後逝世。

說中的藝妓更貼近現實，漸漸地愈來愈像實際上的藝妓，但依然是一種作品中的藝妓。然而，花袋、秋聲，甚至是泡鳴小說中的藝妓就不是作品中的藝妓，而是以藝妓身分維生的一般女性。自然主義的特色，就在此處，即便是藝妓也保持原貌，沒有特別的加油添醋，只要人們的原貌得以呈現，便已足夠。

　　沒有濃妝豔抹的世間原貌，只要能如實地描寫，便是文學的極致，不由分說。不過，事實上世間的原貌卻沒那麼好描寫。複習了自然主義文學作品，我一邊覺得人世如實在作品中呈現，一邊又考慮著文筆優劣與否，於是我漸漸明白，其實這個人世，不是人類刻意能夠描繪的。我開始覺得，筆鋒靈巧，文辭優美，不知不覺間吸引著讀者，便讓人覺得這就是真實的人生，人世原來如此。但是，這通常是作者的世界，作者獨有的人世，真正的人世其實是別的、不同的東西。秋聲曾經提到「自然主義的莊嚴」，據說他在病榻中感嘆說道：「寫小說是件難事。」我們以為他對創作並不特別苦心思慮，只是輕鬆地振筆直書，但就連他到了晚年，也覺得寫小說是難事一件嗎？周遭的人看著儘管天性懶散的他，卻為了生活不得不量產作品，但是，他在小說以外，細心地持續寫著日記，讓人意外。如實書寫自己的生活狀況，就連

瑣碎之事也不例外，這功夫他已是個中翹楚，可是就連他也有透過小說形式無法表現的事情，才選擇在日記中自由揮灑嗎？瀧澤馬琴寫了橫跨數十年光陰的詳細日記，有幾冊流傳下來，其中一本在十多年前出版，就連我也讀得興味盎然。

　　饗庭篁村以《馬琴日記抄》[26]為題，從日記中抄錄馬琴夫妻之間的祕聞，這成為馬琴研究的重要材料。馬琴在作品中頻繁地描寫英雄豪傑、貞潔婦女，但不知是為了備忘，還是一種表現欲，讓他選擇在日記中記錄日常生活的實際樣貌。如果馬琴是自然主義作家的話，或許不會寫《八犬傳》、《弓張月》、《美少年錄》[27]那些虛構之事，而是將日記裡的事實以小說呈現吧？秋聲是馬琴的相反，小說中便將自己日常生活的體驗一五一十地寫下來，理應不需要在日記中記錄日常生活，但對這樣的作家來說，小說依然是個與日記不同的世界嗎？即便身為擅長書寫現實原貌的自然主義作家，小說依然是各個作家所創造的世界嗎？小說對他們來說，也是「創作」嗎？就算誕生自貧瘠的腦袋，創作依然算

26　正確書名為《馬琴日記鈔》，於1911年出版，芥川龍之介曾以此書為素材撰寫小說，周作人亦有介紹此書的文章。

27　後兩部作品的全名為《椿說弓張月》與《近世說美少年錄》。

得上創作嗎？

　　藉由最近出版的《獨步全集》，我得以瞥見《無欺之記》[28]，這部日記與樋口一葉的日記[29]同是文學家日記的重量級之作，兩者都是青春的紀錄，饒富興味。一葉的日記可以說是「私小說」，獨步的也可以說是內心的紀錄，我們得以追索明治時代青年的心靈發展軌跡。

28　白鳥所參照的《獨步全集》應為1946年由鎌倉文庫開始出版的版本，而獨步的這份日記記錄自己二十三至二十七歲之間的思索以及生活，後半包含了戀愛與結婚的過程。

29　一葉的日記記錄了她自十六歲至病逝之前的生活，將近十年光陰。

第十章

透過那些文學，儘管終究是創作的故事，我也有著比
起現實生活更能真切感受到真實世界脈動的經驗，這
點無法否認。……我總是把這些所見所聞與作品對
照，來想像真實如何呈現，真實又被如何忽略，如何
意識地添加謊言，又是如何無意識地描寫謊言，這是
我品味文學與人生的方法。……以平凡人之姿，他們
度過的苦難生涯，他們那既不華麗也不鮮明的一生，
還有那些隨之而來的作品，或許比起天才之作，反而
更能為我展現出真實的人生。

　　二葉亭四迷在尾崎紅葉、幸田露伴之前便已交出《浮雲》這樣的大作，該算是舊時代作家[1]，但不知是否因為他甚早接觸了俄國文學，又或是本性原是如此，他的想法，與自然主義有相似之處。其實，比起後來紅葉、露伴的小說，《浮雲》同樣與自然主義作品有著共通之處。不管是田山花袋或是國木田獨步，抑或是島崎藤村，他們都受到二葉亭翻譯作品的感化，對身為文壇先驅的這位大作家抱著深厚敬意。而二葉亭偶然出口的：「文學不足以是男子畢生志業」，這句話相當有名，屢屢成為議論的火種。然而，他與其他多數的日本作家相同，並非創作能力豐沛的文學家。而且，他不像是某種能夠自戀的文學家，而是埋頭於反省自我，極度貶低自己的才能，因此，他在創作上才會落得綁手綁腳的窘境吧？但是，他那苦思冥想而落入迷惘的文學觀點，即便是在今天，也被我們視為具備深刻涵義之物，所謂「唯真，故新也」，現下依然新鮮。這次我讀了大正初期出版的二葉亭全集裡頭的《雜纂》[2]，對他的文學觀又有了新的

---

1 二葉亭四迷於1887年開始發表《浮雲》第一篇，被視為日本近代小說的第一部作品，描寫時代青年內心的不安，就連使用的日語也經過反覆推敲。

2 指1918年由朝日新聞發行所與博文館出版的《二葉亭全集》，由坪內雄藏（逍遙）、內田貢等人編輯，白鳥讀的《雜纂》是第四卷，收錄二葉亭的談話、雜文等等。

感受。編輯如此寫道:「此集為故人談話,採訪記者所撰篇章,往往訛誤甚多,無法比擬故人巧妙富贍的博辯宏辭。」接著斷定道:「文稿非經故人校閱,自不能以此為故人思想斷片,作為品評故人之準繩。」然而,就我所見,這些訪談紀錄寫得相當好,二葉亭的面容栩栩如生。特別是《我是懷疑論者》這篇感想[3],值得凝神細讀,在這追尋自然主義的此刻,二葉亭過往的一言一語,是我們不該置若罔聞的。

　　自然主義如日中天之時,我問逍遙:「整體來說,文學是種只要求技巧的東西嗎?」逍遙則答:「是啊,二葉亭是這麼說的。」莫泊桑曾說,他在三十歲以後,人生已經找不到嶄新事物。實為僭越之言。二葉亭茫然迷惘,才會覺得文學並非思想,亦非其他物事,而是技巧的產物吧。他認定「我是懷疑派」,接著極端地說道:「當然有一部分得怪罪我的技巧不夠好,但不管技巧多麼卓越,真實之事畢竟是我們無法書寫的。」他又說:「好,即便自己的腦袋理解了,但一旦出口或寫成文章,事情便會出錯,難以呈現真實之事,透過觀察各自的人生來模糊地理解,的確多多少少會有真實的片段,所以,在我腦海裡有個揮之不去的念頭,那就是:

3　1908年於《文章世界》發表。

透過小說能書寫的不過只是謊言。我愈來愈無法認真面對這件事。」小說能寫的只是謊言，這是二葉亭最後的文學觀。他接著說道：「因為想法如此，提起筆來便無法認真，無法想像那些可以認真提筆的人的情緒，若是認真提筆的人真的存在，我也會懷疑。但這只不過是懷疑，並非我確信那樣的情緒是絕對無法達到的。舉例來說，有人說起前陣子被盜匪拿著刀子追，怕得要死，但這個人其實已經不怕了，懼怕發生在實際上被追的那時，等到邊回憶邊訴說的當下，已經失去殆半。我想不管是誰都是這樣子的。我也是如此，要不是直接的實際感受，便無法認真以對，而在寫小說或是做什麼的時候，卻無法浮現這種所謂的直接實際感受。」岩野泡鳴則堅持己見，他說伏案提筆的瞬間也是實行，我想，他應該以實際的感受認真地寫著小說吧！但是，二葉亭卻說：「對我來說，不管怎麼書寫也無法產生實際感受，所以無法認真以對。這或許是老舊的論調也說不定，至今的美學家也不把實際感受視為藝術的真髓，而是認定想像即為本體。這裡的想像，指的正是剛剛舉的例子，事後回想被盜匪追殺這事。如此一來，小說是第二義之物，變得不屬於第一義。其實不光只有小說，我覺得連人生觀這東西也是如此。」

　　以上呈現的是二葉亭充滿懷疑的人生觀點，但暫且讓我

們回到小說的範疇，依照他的看法，小說乃是欠缺真實感受的第二義之物，而非真實之物。二葉亭以自然主義式的態度，也就是以探究人生原貌的態度來追尋文學，到了盡頭，小說卻只是遠離真實的虛構之物，變成了漫天大謊。他左思右想的結果，最後卻回到了舊時代對小說的看法。島村抱月說：「自然主義文藝將我們引導至宗教之門。」但以二葉亭的想法來推演的話，小說遠離真實，自然也就遠離了宗教之門這種屬於第一義的物事。

　　這數十年前二葉亭對文學的感想，我有所同感，關於那些文學與人生的真實，總以懷疑的態度來面對。但是，透過那些文學，儘管終究是創作的故事，我也有著比起現實生活更能真切感受到真實世界脈動的經驗，這點無法否認。在日本的自然主義文學中，我特別能體驗到這種感觸。德田秋聲、近松秋江、上司小劍、泡鳴、花袋抑或是藤村等人，數十年半陰的來往，或深或淺，我能直接接觸到他們日常的言行與為人，所以我總是把這些所見所聞與作品對照，來想像真實如何呈現，真實又被如何忽略，如何意識地添加謊言，又是如何無意識地描寫謊言，這是我品味文學與人生的方法。由於出自旁觀者的想像，或許與真相有所齟齬，但他們生存的世界得以繪聲繪色地映入我的眼簾，不管是謊言也

好、真實也罷，在我對人生的理解過程中，比起其他事物扮演了更重要的角色。他們之中如果存在著更為傑出的天才，我從他們身上學到的人生智慧或許會更多也說不定。但是，以平凡人之姿，他們度過的苦難生涯，他們那既不華麗也不鮮明的一生，還有那些隨之而來的作品，或許比起天才之作，反而更能為我展現出真實的人生。

在自然主義時代，有許多年輕人學習此派作風，抑或是以膚淺的模仿來隨意書寫一些近似小說的作品。同時，也有不少作家他們技巧相當，兼具特色，受到文壇肯定，卻途中遭逢挫折。現在如果重新閱讀這些作家，或許能夠發現傑出的作品。像是水野葉舟、中村星湖、加能作次郎等人，他們是我的友人，亦是優秀的作家。加能身為自然主義時期從早稻田大學畢業的作家，獨樹一格，他遠離陰鬱、糾纏、冷酷的筆法，作品富含幽默，筆鋒謙遜。

葛西善藏則因為稍遲登場，似乎並未被貼上自然主義作家的標籤，但這位作家可以視為我說的「日本式自然主義文學」的範本之一。此次我重讀他的作品數篇，更是加深了這種感受，正是這位作家除了千篇一律的「私小說」以外，別無他物，在私小說作家之中，也算得上異類。貧窮、疾病、酗酒加上琢磨藝術的告白，隨處可見。一般認為他苦心創

作以至於寡作，自然生活窮困。但事實上卻是因為他缺乏天賦、才情不足，寫不出東西，自然覺得苦悶。日本自然主義文學大抵貧寒，而葛西的貧寒有他自己的風格，貧寒就是他的處境——因此這種狹隘的「私小說」到現在還出乎意料地受到歡迎，或許得歸因於葛西式的貧寒風格吧？這些讀者與石川啄木的愛好者是同一種類型吧？谷崎精二在改造社出版的圓本《葛西善藏集》序文中指出，這個作者的特徵是苛刻，但我並不覺得有過分的苛刻。

　　因為他是個專寫私小說的作家，作品中也頻繁地出現友人的故事，不過他使用素材的方式不帶慈悲，據說因此讓友人覺得不快。花袋或藤村在描寫友人之際，總是態度平和，妥善地處理，以免當事人有所不滿[4]。國木田獨步與柳田國男在花袋作品中頻繁以田邊、西等假名出現；馬場孤蝶、戶川秋骨以及其他眾多文壇人士，則會在藤村作品中登場，作者的描寫方式，算得上是紳士許多。德田秋聲亦是如此，像我在秋聲作品的細節中出現過兩三次，寫法大致上還讓我有點面子。相較之下，近松秋江顧慮較少，他在作品中有時追求

---

4 白鳥在之前的章節也提到了被寫進小說中的柳田國男，曾對作者花袋表明不滿一事。不過這些寫作的方式，與後來私小說流行時期相比，仍有程度上的差異。

的是抒發日常鬱悶與憤恨。所以，葛西使用人物原型的方式，該算是一種有意思的類型吧。

　　自然主義興起以後，小說的書寫變成一件如實描繪自己日常生活即可之事：真山青果某一陣子的小說中，頻繁出現「鋼筆在稿紙上發出沙沙聲響」的句子[5]；葛西的小說中，頻繁地記錄著寫稿、催稿、稿酬又拿了多少之類的事情。我覺得不可思議，就算是小說家的「私小說」，居然可以毫不在乎地光寫這一類的事情。

　　《湖畔手記》[6]是他短篇中稍長的作品，較為完整，得以細細窺見他的心境，堪稱私小說的範本之一。「我的心情是最後終於逃來這裡——事實上也一邊發出哀鳴。但是，事情接下來會怎麼發展呢？我打算怎麼做呢？坐在旅館二樓的椅子上，眼神投向陰鬱色調的湖面，每天數次，為了自問自答嘆息。」這是小說的一開始，此種接下來打算怎麼做的疑問，是他所有小說中共通的情緒，讀者也被迫得思考接下

---

5 青果的自然主義創作時代有數篇描寫當時自己生活狀況的作品，作品中便會出現每天寫稿的細節，〈蘘荷〉、〈壁花〉、〈枝〉等作是相當代表性的例子。

6 葛西善藏1924年11月於《改造》雜誌所發表的作品，被稱為「心境小說」的絕品。

來該怎麼做。並非他身邊發生了什麼怪異事件，不過只是貧窮以及疾病所生的煩惱，還有糾纏不清的女性關係，凡人的平庸苦悶，同時亦是日本自然主義小說貼切的題材。在這部小說中，來到日光溫泉的旅館途中已身無分文，也不知道可以拜託誰借個十圓。他寫道：「被所有的友人遺棄，生活也遺棄了他，結果只剩活屍或死屍兩條路可以選擇，這個一邊發出哀鳴一邊竄逃的愚蠢之人啊！我不忍凝視著自己這悽慘的樣子。」但是，這有如玩弄文字一般，無法以具體感受撼動讀者內心。主角一邊回想著沉溺於花柳界的女性而受苦的友人Ｓ，一邊回想著友人Ｋ罹患不治之病的煩惱，這些細節占去小說大半，透過回想他人的戀情與患病，聯想自己現在痛苦地活著的生活與心境。正是二葉亭所謂的回想紀錄，讀者自然讀了也無法產生迫在眉睫的實際感受。「自己好幾天為了氣喘發作以及神經痛終日臥床呻吟。」「一個月快過去了，那些山、湖、溫泉、女孩們，四周的所有一切，都已無法挑起我的興致。就連那些人，我的親人、妻子、阿勢、悲慘的友人們也是一樣，他們終究只是引發憂鬱與痛苦的存在。」「總之，就算現在被催討著住宿費，而且我一心想要早一刻探Ｋ的病，可是這無趣的手記，我平均一天還是只能寫個一張半頁，此事何其悲慘呀。」「肺病最後將奪走Ｋ的

生命，那什麼會奪走我的？照這狀況下去，不過就是發狂而死吧？但我不願發狂，失去理智，想死也沒辦法死，讓妻小嘆息好幾年。只有發狂，我無法接受。」作家羅列這些文字，讀者大致可以想像這位作家的肉體以及心境，得以想像悲慘、陰鬱的生命，但不知為何，卻少了深入讀者內心的力量，缺乏藝術性的震撼力。我們可以想像這種像日記般的東西，作者一天只能寫個一頁半，那掙扎不已的狀況，但讀者的眼中，內心所投射的光景，也就僅此而已。我也不覺得苛刻，或是有悲痛的心情。比起苛刻的感受，不如說充滿了平庸之氣。「世間諸事，似乎總困難重重，我們無法理解的太多。真正信任我的女人、男人到底有幾個？阿勢小姐到底對我有多少信任，才說想要跟我在一起，我畢竟無法確知。似乎，我極度不理解，女人到底是怎麼一回事。」[7]平庸不值一提的感想，卻用著煞有介事的口吻在許多作品中娓娓道來，讓人覺得有些滑稽。這不只是葛西而已，其實自然主義作品之中，屢屢出現將平庸的感想如獲至寶地視為人生真相的敘述。

自然主義系統的小說，對一般的小說讀者來說，是無趣

---

7 此段引用自葛西1924年於《改造》雜誌發表的〈椎栗的新葉〉。

的，大抵銷路也不好。只有藤村一開始在詩人時期便有崇拜者，寫小說後也有他的存在感，因此不管時代變遷，總能維持著名聲，作品銷售也不錯。至於其他作家的作品，就算在雜誌上獲得好評，出版的單行本卻很少再版、三版。像我當然很清楚自己的狀況，初期的短篇小說集《紅塵》、《何處去》、《白鳥集》、《二家族》等等，我記得每本印刷的數量是八百至一千本，而且《二家族》據說還剩了不少庫存。自然主義全盛時期即已如此，那麼你可以推想，文學評價什麼的，僅限於文壇這一邊，與廣人的俗世無關。第一次世界人戰快要結束時，日本處於輕易可以致富的時期，出版業的景氣也不錯，當時加能作次郎《走向人世》[8]的出版慶賀會在位於九段的富士見軒[9]舉辦。從當時開始，好友慶祝新人作家處女作出版，成為一種流行。不過，這種慶賀會，我卻只有參加過加能的這一次。我打從一開始就對這個作家溫和的作品抱持好感，不過他是在自然主義顯露衰退之勢時，被歸類為此派新人作家，在文壇世界裡，想必身處劣勢。而且，我想他那畏縮保守的性格，不夠強勢，這點也肯定吃了不少

---

8 同名短篇於1918年發表，是加能的成名作，單行本則在隔年由新潮社出版。
9 於1886年開業的西洋料理餐廳。

虧。這次的慶賀會，花袋與泡鳴亦有出席，強勢的泡鳴這時在文壇已位居名家，他在散會後的歸途上對著花袋說：「你這麼漠視稿酬可不行，好歹寫一張稿紙得要個兩圓。」花袋笑而不回。加能從描寫自己的父親、也就是能登[10]漁夫的作品《恭三之父》[11]獲得青睞以來，持續書寫私小說，《走向人世》一書則描寫了自己出社會的艱苦歷程。雖屬純粹的私小說，卻無悽慘氛圍，而是具有溫和的人情味。儘管算不上什麼了不起的作品，但加能算是一位具有自己獨特風格的作家。

　　以上我以旁觀的立場，回顧友人的盛衰興頹，我自己則是從自然主義的開始，一直待到了最後，經歷浮浮沉沉，這些己身的體驗，讓我深深的明白自然主義的興衰。明治43年〔1910〕的夏天，我從七年的《讀賣新聞》記者生活中解放，之後持續獨自保持自由提筆書寫。不過，這並非我自己選擇離開報社，而是一種勒令解職。老社長逝世，嗣子本野一郎[12]（當時駐俄大使）繼任，他並不喜歡當時在《讀

---

10 現在石川縣北部。

11 加能於1910年早稻田大學在學期間發表的作品。

12 本野一郎（1862-1918），《讀賣新聞》創辦人本野盛亨之子，歷任駐俄大使、外務大臣。

賣》上連載的藤村小說《家》，也不喜歡我擔任編輯的每週
一文學附錄刊登泡鳴、秋江以及其他傾向自然主義的評論。
因此，我遭到解雇，而這樣的事情，其實是自然主義走向衰
退的一個證明。森鷗外死後，《明星》刊載了他的書信，我
偶然看了幾篇，有封他寫給當時住在京都的上田敏，有如重
要事件般地特別報告本野討厭我而讓我離開《讀賣》，文學
專欄改由橫山健堂[13]擔任主筆。鷗外或上田真有這麼在乎？
我覺得不可思議，但是，我離開《讀賣》報社這事，確是文
壇事件之一。與泡鳴同樣頻繁投稿至《讀賣》文學附錄的秋
江，他以為自己不屬於自然主義，期待自己能在這耳目一新
的欄位上繼續發表作品，幹勁十足，但是，報社卻把他歸類
為自然主義作家，拒絕了他的投稿，儘管他心有不平，但也
別無他法。是否該遭流放，境界並未分明，到此處為止是自
然主義，到這裡則又是非自然主義，如此明瞭的區隔是困難
的。兩三年之後（大正元年底）田山花袋被迫辭去博文館的
編輯一職，這倒不是因為鼓吹自然主義而遭到流放，我後來
詢問在博文館編輯部擔任幹部的長谷川天溪，他說：「因為

13　橫山健堂（1872-1943），史論家，畢業於東京帝國大學，當時於《讀賣新
　　聞》連載維新前後的人物評論。

編輯費用的關係，決定要減少一個員額，從月薪來看，目標
便是田山君，並不是一開始就是要讓田山君離開。」儘管花
袋名滿天下，但生活若只光靠寫作，內心依然惴惴不安，看
他當時發表的《一把稻草》[14]，對於離開編輯工作這事，似乎
有些悲傷。當時的文學家，在寫作之外擁有固定工作，才能
心覺安穩。總之，跟我離開《讀賣》文學專欄編輯職位一
樣，花袋也自《文章世界》編輯的位子退下陣來，這也是自
然主義運動衰退的一個象徵。

　　儘管泡鳴草率地斷定永井荷風的小說與紅葉並無不同，
但在這讀者對自然主義的無趣小說已然厭倦的時刻，自西方
回國的荷風，帶來的卻是色香俱全的作品。如果這是在紅葉
全盛時期的話，或許荷風的作品不會那樣顯眼，但正因當時
的自然主義陰鬱、毫無活力而枯燥的作品困擾著讀者，荷風
才得以引人注目。那陣子西園寺[15]的文人招待會，名為雨聲
會，數度舉辦，後來有兩名會員相繼逝世[16]，主人西園寺便
希望出席的會員透過選舉來補足。投票的結果，荷風九票、

---

14 花袋1914年發表的小說。

15 指當時的首相西園寺公望（1849-1940），熱愛與當時的文壇人士交流，因
　　而數度舉辦雨聲會，第一次是1907年6月17日到19日，為期三天。

16 應指川上眉山的自殺以及國木田獨步的病逝。

江見水蔭[17]四票當選，我則是落選的三票，從這件事也可以看出當時的荷風之名如何地勢不可當。江見水蔭辭退了會員，這是因為向來不服輸的他，彆扭地覺得：「要當會員的話，為什麼不是打從一開始就選我？」事實上，不管是硯友社的同輩巖谷小波、川上眉山、廣津柳浪等人[18]，或是晚輩小栗風葉、秋聲、柳川春葉都是一開始就獲邀，只漏了水蔭一人，並不公平，最初選擇文士的負責人有所疏忽[19]。根據我的推測，投票給我的是花袋、秋聲，再加上藤村吧，其他人應該都選擇了荷風。這亦是眾人厭惡自然主義，歡迎荷風文學，文壇當時的情況。根據秋聲轉述，身旁的鷗外對著他說：「票應該會落在荷風、白鳥兩人身上吧？不過，我得投小山內一票。」落選而無須獲邀出席這種公開場合，我只有高興。

　　一開始寫小說的時候，我並未有寫「私小說」的打算。

---

17 江見水蔭（1869-1934），大眾小說家，硯友社一員，作品《自己中心明治文壇史》是文學史的重要史料。

18 巖谷小波（1870-1933）、廣津柳浪（1861-1928）與本書第三章登場的川上眉山均是硯友社的一員，巖谷小波的創作以童話為主，廣津柳浪的小說則取材自身心有缺陷的人物，描寫社會的黑暗面，他是廣津和郎的父親。

19 當時輿論對於江見水蔭、德富蘆花兩人未能獲邀表示不平，因而有了種種傳言。

當然，我亦未奉行自然主義。因為時代的影響，加上周遭種種，我才被視為自然主義作家之一，自己也才有了那樣的認知，也變得開始寫「私小說」。不過，若是純正的私小說，我應該沒有寫過太多篇。而且，我相信，被視為自然主義特色的性慾描寫，在我的作品中應當找不太到。但是，斷定我的作品是自然主義的小說，或許有幾分道理。再來，我身為具有特色的日本自然主義集團的一員，比較起其他集團的作家及作品，我對於集團中的重要作家與作品，並未有著更多的好感或是敬意。我看著各種流派的興起與昌盛，覺得有意思，卻沒有想要模仿。普羅文學興盛之時，對於新舊文學的歧視特別嚴重，自然擔心起像我這種過去的文學將全部沒落，該要有所覺悟，但是，這時我就想起以前自然主義興盛時期，非自然派的作家同樣遭到排除、忽視的過往。自然主義的興起，與普羅文學興起時的狀況類似，儘管時代相異，普羅文學的外形開朗而喧雜，推行過程也相當炫目；自然主義則傾向內裡、屬於個體、色彩陰鬱──但兩者一度如日中天，這一點是共通的；附和雷同的人有如過江之鯽，也是共通之處；如果不與此派為伍，就發揮不了影響力，因此，張三李四都想模仿，情況相當相似。

　　當然，在自然主義時代，即便有附和者，即便有張三李

四，他們的存在都極其微小，比之於普羅文學的大張旗鼓，過去自然主義的勢力還算不上什麼。儘管如此，據說站在反對立場的浪漫派，如小川未明或泉鏡花遭到壓迫，賣稿變得不是那樣地順利。據說當時《中央公論》偶爾刊載鏡花之作，社長會先顧慮自然派的作家。我從為期一年的短暫海外旅行歸國時，恰好是普羅文學的全盛時期[20]，其他文學盡皆失去了存在感。某個雜誌的編輯說：「這陣子大家好像時間很多。」暗示著我的友人們，那些老作家，已經不受世間歡迎。不只如此，其他的雜誌記者會舉小林多喜二、德永直這些我不認識的新人作家之名[21]，說他們的作品出凡入勝。這時，我同樣回想起自然主義興起的時代，那陣子也是如此吧，老作家被排除，而新作家則洛陽紙貴。我們可以猜想，那些被排擠的老作家會對新興流派心生反感，甚至憎惡。而這個普羅文學似乎比起過往的自然主義文學更加欠缺藝術性

---

20 此處指白鳥1928至1929年的海外之旅，可參照本書年表。普羅文學此時如日中天，直到1933年之後受到政府大力打壓。

21 小林多喜二（1903-1933）、德永直（1899-1958），均是日本普羅文學的代表作家。小林多喜二加入共產黨，後來遭到政府逮捕拷問致死，這件事情也成為日本普羅文學迅速衰退的關鍵原因。德永直是全日本無產階級藝術聯盟的重要作家，第二次世界大戰後則加入民主主義文學運動。

而粗糙，因而沒落。

　　在漫長的文壇生活中，我一路看著各式各樣的個人榮枯興衰與流派消長，與其說在一般人世見識人生，我毋寧是在文壇觀看人生。據說伊拉斯謨〔Desiderius Erasmus Roterodamus, 1466-1536〕或伏爾泰〔Voltaire, 1694-1778〕一生身體羸弱，卻也活了七十個年頭。「他們注意自己的身體，以之為重，耗費心思，懼怕著疲勞或是過於激動，這麼一來，屢屢帶著輕蔑甚至哀憐來看著他們的那些強健夥伴，最後喪禮的送行隊伍中卻有著他們。」我也活了許久，就像這些人一樣。

　　我所見的，不只是親近的夥伴們的榮枯興衰，也包含那些屬於不同流派的文學家的榮枯興衰。這一陣子也不例外，從去年秋天到現在不到一年的時間，友人上司小劍以外，幸田露伴、橫光利一、菊池寬等人相繼逝世，讓我回顧了他們的文學之路與業績。露伴與菊池，他們身為自然派以外的文人，讓我留下深刻的印象，那些與自然派人生觀、作風相異之處，有著思考的價值。儘管菊池在自然主義興起之後才踏進文壇，無意識中必定多少受到自然主義的影響，但他卻未拘泥於單一主義而畏首畏尾，他也寫了好幾篇該稱為「啟吉故事集」的私小說[22]，文壇給予肯定，不像自然派作家的私

小說那般鬱悶而黏膩，也不像那種低聲啜泣，他的作品開朗、暢快，把通俗小說的技法掌握得很好。而且，他受到眾多讀者歡迎，成為文壇代表的暢銷作家。就連他的劇本，有學自於愛爾蘭戲劇之處[23]，充滿新意，平易近人，受到一般觀眾的喜愛。他是一位得以普遍地代表時代的作家，當然和「特殊的自然主義文學」有著完全不同的風格。

菊池是個試著享受世界，也能夠做到的男子，與日本特殊的自然主義性格大相逕庭。就算是活力十足的泡鳴，他鼓吹的卻是悲痛哲理，潛心思考人生的苦悶；花袋表面上交出平庸之作，但內心想要經歷的是水火之苦，扒皮之痛[24]。某個外國文學研究者對花袋所謂的「扒皮之痛」冷笑地批判，說：「到底為了什麼要扒下自己的皮呢？像法國的莫泊桑等自然主義作家可沒在他們的作品中搞這種花袋式的扒皮。」誠如斯言，但是，花袋正是在小說中嘗試這種扒皮，才得以

---

22 白鳥在本書第九章也提到了菊池的《啟吉物語》。

23 大正時期日本翻譯、介紹諸多愛爾蘭文藝復興時期的作品，包含劇本，菊池與芥川龍之介都是這些作品的愛好者，菊池自身也提過，他深受蕭伯納〔George Bernard Shaw, 1856-1950〕與王爾德〔Oscar Wilde, 1854-1900〕的影響。

24 可參考白鳥在本書第四章一開始對此事的詳細敘述。

體會到人生的滋味。若從菊池寬的文學觀點來看，這事自然是愚蠢至極。所以我才數次反覆地說，日本的自然主義文學，是世界古今的文學史中，史無前例的文學。這史無前例，指的並不是卓越超群，而是我們可以說這種旁觀者會覺得「作繭自縛來死命掙扎的愚蠢行徑」，史無前例。因此，像是「啟吉故事集」，這種成功者如何出人頭地的故事，與自然主義作家的私小說是完全不同的。

　　幸田露伴享壽八十，在他漫長的文學人生之中，毫無受自然主義感化，亦未受西洋文學影響，是個保持東洋「孤高」態度的稀有文人。在蕪雜的近代日本文壇之中，露伴文學有著像是古典文學般的意趣，無論思想或是文體，均是東洋的展現。因此，對我們這些老早就透過翻譯接受西方文學、思想的人來說，露伴文學難以親近。這次我讀了他早期的傑作《五重塔》、《蘆葦一節》、《兩日故事》，以及晚年的《觀畫談》、《幻談》等作[25]，即便能品嘗到日本傳統的文學滋味，但我的內心無論如何就是無法接近他的創作動機與

25《五重塔》為1891年連載至1892年的作品，《蘆葦一節》為1893年連載，《兩日故事》則耗費近十年，於1901年完成。被歸類為晚年之作的《觀畫談》發表於1925年，《幻談》則為1938年。

風格。像是《五重塔》中的角色棟樑——川越的源太，或許
可以說是個具備江戶人正面性格的爽快人物，不像自然主義
作品中的角色那般低下，但這自然主義興起以前之作，讓我
無法擺脫虛構故事帶來的感觸。《兩日故事》則有如日本古
老的文學，比起《弓張月》、《雨月物語》[26]更像是舊時代的
文學，以過去的標準來看，本作該以美文稱之，在文學史上
也能當成一篇範本。但是，這只是形式上具備美文特質，內
裡卻是空洞，無法打動我們的內心。《雨月》悽慘的氛圍打
動讀者內心，而《兩日故事》的〈此一口〉卻無法做到。描
寫西行[27]心境的〈彼一日〉亦是如此，那理想境界只讓人覺
得是種創作，小說寫到出家遁世的西行在長谷寺偶然遇到妻
子，感嘆不已，看似人味十足，但事實上卻只像個故事。這
仿效夫君而離世修行的妻子，想起女兒開始抱怨，這一點，
可以視為人性的流露，但西行卻要女兒曉悟，說是：「既出
火宅之門[28]，便已使之入法苑之中。」西行內心平靜，而我

26　江戶時代的小說，1776年出版，作者為上田秋成，收有九篇以鬼怪為主的
　　故事。

27　俗名佐藤義清（1118-1190），西行是他的號，原是武士，於二十三歲出家，
　　漫遊四方，吟詠和歌，是《新古今和歌集》收錄和歌數最多的和歌作者。

28　佛教以火宅一詞比喻充滿苦痛的塵世。

卻覺得滑稽，少女對俗世之徹悟，豈能如此輕而易舉？少女說道：「父親既已離群遁世，女兒亦欲跟隨其後。世上既無百歲夫妻，何以依憑一時之情愛？即便心想事成，願望已足，卻活著遭嫉惹妒，實乃愚事。且因女兒既然生為女子，不求榮華富貴；雙親亦皆離俗，此身有如浮雲。女兒不敢拜佛求生於淨土，但求居於山林之中，草庵之內，以荊棘為簀，炊粟稗為食，清心度日，如此之念，屢屢在心。既無應敦睦之兄弟，亦無應傾訴之朋友，心中自無所掛念——雲依舊白，山依舊青，我已對塵世徹底斷了俗念。」[29]

　　這樣的少女，嘴巴說的是露伴偏好的、不符年紀的悟道之詞。我們身為日本民族的末裔，經常想像著這個虛構故事中少女的心境，但是，那存在不過只是想像。想像或許也能當作一時慰藉，但對我們的內心來說，並無法帶來真切的感觸。像自然主義那樣，在總是懸宕未解的文學境地永遠徬徨，這的確讓人遺憾，但那卻是無法改變的事實。回顧起我們的自然主義文學，它只能是個貧寒的文學，只能是個愚昧的迷惘文學流派，但儘管如此，像是能夠將這種文學踩在腳底，接著獨當一面，拯救人類、帶來解決方法的偉大文學，

29　破折號的部分，白鳥省略了女兒敘述伯母對她的養育之恩。

不也依然不見蹤影嗎？露伴作品中的西行這麼說道：「但獲欲樂之滿足，享十分之榮華，有如見啼哭小兒，予之落葉，乃愚中之愚。捨棄俗世之人誠能言捨世乎？無法捨棄之人，才可真正捨之。唯應時時拜佛，此世不足掛念。」我一邊想著，西行應該不是那樣單純的理想派，一邊引用這些詞句，作為自然主義的悼辭。

昭和23〔1948〕年4月25日
於輕井澤之破屋

附錄

一、近代文學作家索引・簡介

二劃
二葉亭四迷（1864～1909）

　　出生於江戶（東京），明治維新之後同時學習漢學與法文，後來進入東京外語學校（現東京外國語大學）俄語部就讀。深受俄國文學薰陶和社會主義影響，在結識坪內逍遙之後，1887年開始發表長篇小說《浮雲》，儘管中途擱筆，卻是日本第一部近代寫實主義小說。晚年以《朝日新聞》特派員身分赴俄，因病回國，途中逝世。

三劃
小杉天外（1865～1952）

　　出生於秋田，曾就讀於私塾國民英學會學習英文，師事齋藤綠雨、尾崎紅葉等作家，後與後藤宙外等人刊行雜誌《新著月刊》，受法國左拉的自然主義所影響而作《初姿》、《流行歌》，在文學史上被視為日本20世紀初的前期自然主義。大正時期之後，轉向通俗小說的創作。

大町桂月（1869～1925）

　　出生於高知，畢業於東京帝國大學，就學期間便於《帝國文學》中發表評論、散文、新詩，行文頗具古典之美。明治三

〇年代任職於博文館，發表眾多評論，與高山樗牛並稱。晚年熱愛旅遊，留下許多遊記。代表作有《文學小觀》、《行雲流水》等。

上田敏（1874～1916）

出生於東京，畢業於東京帝國大學英文科，在學期間開始翻譯並介紹外國文學作品，治學態度嚴謹。於1905年出版譯詩集《海潮音》，以歐洲象徵主義詩作為主，對日本近代詩影響深遠。

上司小劍（1874～1947）

出生於奈良，大阪預備學校中途退學，退學後擔任小學教師，後赴東京，於《讀賣新聞》擔任編輯，在《讀賣新聞》工作長達二十四年。1914年發表了奠定自己文壇地位的短篇〈鱧皮〉，隔年出版短篇集《父親的婚禮》，離開報社後專心創作，撰寫長篇《東京》以及歷史小說。

小栗風葉（1875～1926）

出生於愛知，本姓加藤，自幼耽讀小說，並持續於文藝雜誌投稿，成功拜入尾崎紅葉門下，〈龜甲鶴〉等作品擅於描繪人物，一度被稱作「小紅葉」。1905年開始連載的長篇小說《青春》受到讀者熱烈歡迎，但在自然主義興起之後卻無法再寫出佳作，晚年失意。

小山內薰（1881～1928）

　　出生於廣島，畢業於東京帝國大學英文科，在學時代便參與戲劇工作，1909年與市川左團次創建自由劇場，推廣新劇，初次上演的是易卜生的作品，受到年輕一輩的歡迎。關東大地震後修建築地小劇場，同時上演西洋戲劇的翻譯作品與自行創作，並嘗試電影製作，是日本近代戲劇的先鋒，代表作品有獨幕劇《第一世界》、評論集《戲劇概論》等。

四劃

木下尚江（1869～1937）

　　出生於長野，畢業於東京專門學校（現早稻田大學）英法科，後任職《每日新聞》，篤信社會主義，投身反戰運動，批評天皇制，曾發表小說〈火柱〉、〈良人的自白〉等。

戶川秋骨（1870～1939）

　　出生於熊本，就讀明治學院，與島崎藤村同窗。英文學者，於多處講學，介紹英國文學，最後在慶應大學退休。同時身兼評論家、譯者，譯有《愛默生評論集》三卷。

太田玉茗（1871～1927）

　　出生於埼玉，畢業於東京專門學校（現早稻田大學）文學科，與島村抱月同窗，從在學期間開始發表新體詩，《少年文庫》、《文學界》等雜誌上都能看到他的作品。

中村春雨（吉藏）（1877～1941）

出生於島根，畢業於早稻田大學，接受坪內逍遙、島村抱月等人的教誨。在學期間以筆名「春雨」發表〈無花果〉等小說。1906年赴歐美留學，對近代戲劇產生興趣，歸國後成為抱月劇團的舞台監督，撰寫劇本。1942年出版《日本戲曲技巧論》，獲頒文學博士。

中澤臨川（1878～1920）

出生於長野，畢業於東京帝國大學工科大學，對文學抱持興趣，與自然主義作家如田山花袋、國木田獨步等人熟識，發表過數篇自然主義評論，大正時期以文藝評論家的身分相當活躍，將當時美國流行的實用主義等海外哲學介紹至日本。

水野葉舟（1883～1947）

出生於東京，中學時開始作詩，曾拜與謝野鐵幹為師，與高村光太郎深交。後畢業於早稻田大學經濟科，自然主義興盛時期參與龍土會，發表短篇小說，一度被視為自然主義的新人作家，喜好民俗怪異之事，與柳田國男《遠野物語》一書的問世有密切關係。

片上天弦（伸）（1884～1928）

出生於愛媛，早稻田大學英文科畢業，畢業後擔任《早稻田文學》編輯，之後擔任該校教授，1915年赴俄國留學，回國

後再次站上講堂，1924年退休。早期與同窗相馬御風同為自然主義論客，後轉向人道主義，留俄後轉為唯物史觀。著有評論集《生之要求與文學》、《思想之勝利》等。

五劃

田中王堂（1867～1932）

出生於埼玉，就讀於青山學院、同志社大學中途退學，1889年赴美學習哲學，回國後於早稻田大學、立教大學等校任教，對於當時的自然主義採取批判的態度，與岩野泡鳴有過精采論戰。著有《哲人主義》兩卷。

田山花袋（1872～1930）

出生於栃木，原本前往東京學習和歌，後來與尾崎紅葉一門親近，早期作品帶有浪漫主義色彩，後來接觸莫泊桑的小說，在日俄戰爭後以中篇小說《棉被》為日本近代的告白文學立下典範，與島崎藤村成為自然主義作家雙璧。小說創作手法主張「平面描寫」，亦留下許多膾炙人口的旅遊文學作品。

田口掬汀（1875～1943）

出生於秋田，小學畢業後熱中於投稿小說，作品獲得賞識，成為文藝雜誌《新聲》編輯，後來進入萬朝報社，開始撰寫報紙連載長篇小說《新生涯》、《伯爵夫人》等，並寫出許多劇本。

生田葵山（1876～1945）

出生於京都，上京後拜入巖谷小波門下撰寫小說，受到王爾德影響，於明治三〇年代提倡浪漫主義文學；當自然主義興起時，也發表受法國自然主義影響的作品。大正時代轉向戲劇創作。

永井荷風（1879～1959）

出生於東京，曾就讀於官立高等商業學校（現一橋大學），後拜入廣津柳浪門下，發表數篇受法國作家左拉影響的作品。1903年赴美、法學習商業知識，回國後發表美、法生活的隨筆《美利堅物語》、《法蘭西物語》，成為耽美派代表作家。由上田敏、森鷗外推薦，擔任慶應大學教授。後期作品回歸傳統江戶，描繪花街，代表作有《濹東綺譚》等。

加能作次郎（1885～1941）

出生於石川，早稻田大學英文科畢業，在學期間經由恩師片上伸推薦開始發表翻譯、小說。畢業後進入博文館擔任《文章世界》編輯。文學傾向繼承自然主義風格，大正晚期發表的私小說獲得了相當高的評價。代表作有《走向人世》、《祖母》。

石川啄木（1886～1912）

出生於岩手，盛岡中學中途退學後前往東京，隔年回鄉，後受與謝野鐵幹知遇之恩，開始在各雜誌發表詩作。儘管詩作

好評，後來嘗試小說卻無法獲得關注，生活多半在流浪以及貧
困中度過，最後在東京病死。但在他死後，詩作及思想深獲讀
者支持，贏得「國民詩人」之號。代表作有《悲傷的玩具》、
《一握之砂》。

六劃

有島武郎（1878 ～ 1923）

　　出生於東京，畢業於學習院大學，赴札幌就讀農業學校，
後赴美國留學，深受西歐文學影響。歸國任教於東北帝國大
學農科大學（現北海道大學），並加入文藝雜誌《白樺》的陣
容，與武者小路實篤、志賀直哉等人同為白樺派的代表人物。
代表作有《該隱的末裔》、《某女》等。

吉江喬松（1880-1940）

　　出生於長野縣，畢業於早稻田大學英文科，早期撰寫浪漫
詩，多以孤雁之號發表。大正時期轉向提倡農民文學。留學法
國後於早稻田大學創立法文科，擔任系主任，以《法蘭西古典
戲劇研究》獲頒文學博士，並編纂《世界文藝大辭典》等重要
外國文學研究資料。

七劃

尾崎紅葉（1868 ～ 1903）

　　出生於江戶（東京），東京帝國大學國文科中途退學，與

山田美妙等人組成文學結社「硯友社」，發行雜誌《我樂多文庫》，這是日本近代文學同人雜誌的先驅。1889年，以發表短篇小說《兩個比丘尼的色情懺悔》，一躍成名，同年擔任《讀賣新聞》文藝欄編輯。斷斷續續連載的長篇小說《金色夜叉》是他最著名的作品，但卻沒有完成便死去。門生泉鏡花、德田秋聲等人均是重要的作家。

近松秋江（1876～1944）

出生於岡山，本名德田浩司，因常被誤認為德田秋聲，加上耽讀近松門左衛門作品而將筆名改為近松，畢業於早稻田大學英文科。大學期間與正宗白鳥同窗，明治後期開始發表小說，以《黑髮》、《狂亂》等被視為私小說之作聞名，善於描繪女性以及男性對女性的執著，同時也撰寫鬆散而風格獨特的評論。

谷崎潤一郎（1886～1965）

出生於東京，東京市國人學國文科退學。1910年與小山內薰等人出版第二次《新思潮》雜誌，發表短篇小說《刺青》、《麒麟》，受到矚目，進而受永井荷風青睞，成為赫赫有名的新人作家。一生持續創作，追求唯美，崇拜女性，作品充滿各種形式的官能慾望，在移住關西後，作品中日本傳統文化的色彩變得更加濃厚，代表作有《春琴抄》、《細雪》等。

里見弴（1888～1983）

　　出生於橫濱，東京帝國大學英文科中途退學，本名山內英夫，有島武郎之弟。原與兄長一同參與同人雜誌《白樺》的活動，後來深厚自己的文學技巧，講求描寫人類心理，鼓吹「真心哲學」，代表作有《善心惡心》、《多情佛心》等。

谷崎精二（1890～1971）

　　出生於東京，谷崎潤一郎之弟，畢業於早稻田大學英文科，曾與廣津和郎、葛西善藏一同創辦雜誌《奇蹟》，後於早大任教，翻譯許多英美文學作品。

八劃

坪內逍遙（1859～1935）

　　出生於岐阜，畢業於東京帝國大學政治經濟科，後來進入早稻田大學前身東京專門學校任教，1885年開始發表《小說神髓》，提出與日本江戶時代不同的文學觀點，鼓吹寫實主義。逍遙在早稻田大學的學生甚多，與自然主義的發展密不可分，同時致力於各種戲劇、舞蹈的研究，投身戲劇改良運動，譯有《莎士比亞全集》。

幸田露伴（1867～1947）

　　出生於江戶，東京英學校（現青山學院大學）中途退學，受到坪內逍遙《小說神髓》影響而有革新文學之志，發表小說

《風流佛》、《五重塔》等，作風陽剛，與尾崎紅葉並稱。20世紀漸漸遠離文壇，發揮獨學且博學的過人之處，投身於考證、史論的世界，1937年獲頒文化勳章。

岩野泡鳴（1873～1920）

出生於淡路島，原先於大阪泰西學館就讀，但因為父親工作關係一家遷居東京，先是就讀明治學院、專修學校，後赴仙台東北學院。早期擔任英語教師，創作新體詩並發行雜誌，並在1906年出版第一本思想論著《神祕的半獸主義》，鼓吹「新」自然主義，三年後發表中篇小說〈耽溺〉，確立了自己的小說家地位。代表作有《泡鳴五部作》、評論集《近代生活之解剖》等。

長谷川天溪（1876～1940）

出生於新潟，本名誠也，畢業於東京專門學校（現早稻田大學）文學科，進入博文館擔任編輯，在自然主義時代與島村抱月並列為最重要的評論家，代表作〈幻滅時代的藝術〉、〈暴露現實之悲哀〉等，成為當時的流行用語，這個時代的作品集結成《自然主義》、《鋼筆》兩本大作。明治末年赴英國留學，並擔任早稻田大學教授，留下諸多心理學研究書籍。

阿部次郎（1883～1959）

出生於山形，東京帝國大學哲學科畢業，拜漱石門下，於

漱石編輯的《朝日新聞》開始發表作品，後任慶應大學、東北
大學教授等職，研究倫理學，鼓吹人格主義。代表作有《三太
郎的日記》、《人格主義》。

長田幹彦（1887～1964）

出生於東京，劇作家長田秀雄之弟。早稻田大學畢業，自中
學開始投稿，1912年發表的小說〈零落〉受到好評，作品大多描
繪花街風情，充滿耽溺的浪漫情懷，與谷崎潤一郎並稱為耽美派
代表作家。但大正中期以後被批判作品毫無思想，因而轉向通俗
小說創作。著有《鴨川情話》、《鶯姬》等。

芥川龍之介（1892～1927）

出生於東京，畢業於東京帝國大學英文科，學生時代與同
窗菊池寬等人出版雜誌《新思潮》（第三、四次），該誌上所發
表之小說〈鼻〉受到夏目漱石讚賞。作品取材廣泛，大多數為
短篇，擅於剖析人性弱點。代表作有《羅生門》、《河童》等。

九劃
後藤宙外（1867～1938）

出生於秋田，畢業於東京專門學校（現早稻田大學），受
坪內逍遙指導，與島村抱月同窗，畢業後撰寫小說、隨筆，並
從事編輯工作，風格保守，與硯友社的作品接近。在自然主義
興起後反對自然主義的主張，但自己所擔任編輯的雜誌《新小

說》依然中立公正地刊載田山花袋、岩野泡鳴的作品，留下重
要的功績。

柳田國男（1875 ～ 1962）

出生於兵庫，本姓松岡，早期與田山花袋同門學習桂園派
和歌，畢業於東京帝國大學，進入農商務省擔任官僚。外語能
力甚佳，耽讀西洋文學作品，與自然主義作家多有深交；同
時，對民俗抱持關心，建立基礎理論與研究法，1951年獲政府
頒發文化勳章，被尊為日本民俗學之父。著有《遠野物語》、
《海上之道》等書。

柳川春葉（1877 ～ 1918）

出生於東京，拜入尾崎紅葉門下學習小說之道，明治三〇
年代發表多篇筆致細膩溫雅的短篇，描寫家庭人生。在自然主
義盛行時，是相當受到讀者歡迎的大眾小說作家，著有《春葉
集》、《母》等。

前田晁（1879 ～ 1961）

出生於山梨，畢業於東京專門學校（現早稻田大學），
進入博文館擔任編輯，長時間與田山花袋合作，自身亦撰寫
評論，並翻譯西方文學作品。離開博文館後，歷任《讀賣新
聞》、金星堂、日本電報通信社等出版媒體工作。著有《明治
大正之文學人》，是回顧日本近代文學史的重要文獻。

相馬御風（1883～1950）

出生於新潟，本名昌治，畢業於早稻田大學英文科，與岩野泡鳴等人創辦新詩雜誌《白百合》，畢業後於《早稻田文學》擔任編輯工作。推動日本近代新詩，同時服膺恩師島村抱月的自然主義理論，但重視自我生命的發展，思想浮現濃厚的宗教色彩。大正中期離開文壇評論第一線，回鄉隱居，投身於江戶禪僧良寬的研究。代表作有《黎明期之文學》、《相馬御風歌謠集》等。

十劃

夏目漱石（1867～1916）

出生於江戶（東京），畢業於東京帝國大學英文科，本名金之助，大學時代與正岡子規深交，創作俳句。1900年赴英留學，回國後於東大講授英國文學。1905年以《吾輩是貓》開始發表小說，後辭去教職，進入《朝日新聞》擔任記者，專注於文學創作，追求近代個人主義的倫理問題，代表作有《之後》、《心》等。

馬場孤蝶（1869～1940）

出生於高知，畢業於明治學院（現明治大學），與島崎藤村、戶川秋骨同窗。活躍於翻譯，介紹莫泊桑、巴爾札克、契訶夫等歐洲作家，並與大杉榮等人從事社會運動，鼓吹人生與社會改革，著有《明治文壇回顧錄》。

高山樗牛（1871～1902）

出生於山形，畢業於東京帝國大學哲學科，就學期間即以小說《瀧口入道》獲獎，於《讀賣新聞》連載，同時參與雜誌《帝國文學》創刊。畢業後擔任雜誌《太陽》主編，發表諸多評論，涵蓋文藝、美術、歷史、哲學等領域，1902年獲頒文學博士。思想以個人主義為基礎，推崇尼采。

島村抱月（1871～1918）

出生於島根，本名瀧太郎，東京專門學校（現早稻田大學）英文科畢業，受教於坪內消遙，1902年赴歐留學，1905年在眾人的期待之下歸國，進而投身自然主義的理論建構，他所負責的刊物《早稻田文學》是該派根據地，門生片上天弦與相馬御風也成為該派重要論客。但理論的發展卻無法回饋到現實人生，深感挫折，轉向推動日本的戲劇革新，創立「藝術座」進行演出。代表作有《新美辭學》、《近代文藝之研究》等。

島崎藤村（1072～1943）

出生於長野，畢業於明治學院，就學期間接受基督教洗禮，後與北村透谷等人出版雜誌《文學界》，撰寫浪漫詩歌，作品深受當時年輕人的歡迎。他在日俄戰爭後自費出版長篇小說《破戒》，掀起了日本近代自然主義的風潮，成為該派代表作家，進而發表許多自傳性作品。代表作有《家》、《新生》等。

真山青果（1878 ～ 1948）

出生於仙台，仙台二高中途退學，決心成為小說家，上京拜於小栗風葉門下，與國木田獨步、德田秋聲來往，浸淫於自然主義文學中，與正宗白鳥兩人一起被視為當時文壇的明日之星，卻因發生稿件重複發表事件自文壇銷聲匿跡，直到大正時代才復出撰寫劇本，代表作有《南小泉村》、劇本《平將門》等。

十一劃
國木田獨步（1871 ～ 1908）

出生於千葉，東京專門學校（現早稻田大學）中途退學，曾任記者、雜誌編輯，也曾自己創立出版社，同時撰寫新詩、散文、小說各種文類，作品深受屠格涅夫與華茲華斯影響，到了自然主義萌芽時期他的小說集《獨步集》、《命運》獲得文壇的盛讚，被視為自然主義的代表作家，但這個時期他的結核病也惡化，英年早逝。

十二劃
森鷗外（1862 ～ 1922）

出生於島根，本名林太郎，是藩醫之子，自幼學習儒學、荷蘭語、德語，畢業於東大醫學部，後赴德留學，深受叔本華、哈特曼哲學影響。回國後除本業軍醫以外，時而發表文學評論、小說以及翻譯，在日本近代文學中有著不可磨滅的影響

力。自然主義盛行時期，同時受到夏目漱石發表作品的刺激，撰寫許多佳作，後期則轉向歷史小說，代表作有《青年》、《山椒大夫》等。

菊池幽芳（1870～1947）

出生於水戶，於茨城縣尋常中學畢業後任小學教師，後進入《大阪每日新聞》報社擔任記者，最後擔任董事。他自己撰寫連載小說，同時提拔泉鏡花、小栗風葉等新進作家，刊載他們的作品。

登張竹風（1873～1955）

出生於廣島，畢業於東京帝國大學德文科，任高等師範學校教授，1899年起擔任雜誌《帝國文學》編輯，介紹德國文學、思想，是日本重要的尼采研究者。

森田草平（1881～1949）

出生於岐阜，畢業於東京帝國大學英文科，是夏目漱石門下弟子。1909年於報紙連載取材於自身戀愛經驗的長篇《煤煙》，手法與當時的自然主義文學有相通之處。之後多次撰寫報紙連載小說，晚年則轉向歷史題材，並完成《夏目漱石》、《續夏目漱石》兩本描繪恩師之作。

菊池寬（1888～1948）

出生於香川，東京大學退學，與芥川龍之介等文人同窗，一同出版雜誌第三次、第四次《新思潮》，早期以劇本創作為主，大正晚期開始提筆寫通俗小說，受到報紙讀者的熱烈歡迎。1923年創辦雜誌《文藝春秋》，迄今在日本文藝雜誌中仍有重要地位，並設立「芥川賞」、「直木賞」等文學獎項。代表作有《恩仇的彼方》、《珍珠夫人》等。

十四劃

齋藤綠雨（1867～1904）

出生於三重，明治法律學校中途退學，早年學習戲作文學（江戶時期通俗小說的延伸），明治中期發起小說改良會，創作小說，同時在《讀賣新聞》等刊物撰寫啟蒙性質的文學評論，文筆精煉，針砭戲謔，卻因肺疾英年早逝。著有《雨蛙》、《雲中語》等。

蒲原有明（1875～1952）

出生於東京，曾就讀私塾國民英學會學習英文，自幼對外國詩作抱持濃厚興趣，寫詩，也出版新詩雜誌，奠定日本近代象徵詩的基礎。代表作有詩集《有明集》、散文評論集《飛雲抄》等。

與謝野鐵幹（1873～1935）

　　出生於京都，本名寬，原為國語教師，後上京拜入落合直
文門下，共同推動短歌革新，成立「東京新詩社」，創辦雜誌
《明星》，是當時浪漫主義的根據地。1919年赴慶應義塾大學
任教，培養出佐藤春夫、堀口大學等作家，代表歌集有《東西
南北》、《天地玄黃》等。

與謝野晶子（1878～1942）

　　出生於大阪，本姓鳳，與與謝野鐵幹婚後改姓。從小自學
日本古典文學，邊幫忙家業邊投稿和歌，參加文學組織，進而
認識並與鐵幹發生不倫關係。和歌集《亂髮》奠定了情感豐沛
的浪漫歌人地位，同時發表諸多關於女性問題的評論，作品的
共通特色是控訴舊有傳統道德，追求自由戀愛，並於1938年出
版耗費十七年的白話文版《新新譯源氏物語》。

十五劃

德富蘇峰（1863～1957）

　　出生於熊本，曾就讀於同志社大學，1887年創辦雜誌《國
民之友》，三年後發行《國民新聞》，擔任社長，鼓吹平民主
義、自由平等思想，中日甲午戰爭後言論轉為民粹主義。著有
《近世日本國民史》，共一百卷。

德田秋聲（1871 ～ 1943）

出生於金澤，與泉鏡花、室生犀星被稱為近代金澤三文豪。立志文學前往東京後進入尾崎紅葉門下，但作品內容灰暗，並不受讀者歡迎。後隨自然主義興起開始撰寫取材於自己生活的寫實小說，風格漸趨成熟，被評為「天生的自然主義者」，大正後期開始同時撰寫大眾小說，昭和時期依然創作不輟，代表作有《黴》、《扮裝人物》等。

樋口一葉（1872 ～ 1896）

出生於東京，本名奈津，十八歲時父親過世，決意以寫作維生，跟隨半井桃水學習寫作技巧，投稿雜誌《文學界》的作品〈比肩〉獲得好評，被稱為現代的紫式部，卻因肺結核早逝。

二、正宗白鳥年表

1879（明治12）年・0歲

3月3日出生於岡山縣和氣郡穗浪村（現在的備前市），父親正宗浦二，母親美禰，為家中長男，本名忠夫。弟妹中有許多名人，例如正宗敦夫為和歌作者，同時是著名的國文學家；正宗得三郎為西洋畫家；正宗乙未為作家，參與島崎藤村創辦的女性文學雜誌《處女地》；正宗嚴敬是植物學家，曾任職於台北帝國大學。

1888（明治21）年・9歲

進入鄰村片上村的小學高等科就讀。

1892（明治25）年・13歲

春季，小學高等科畢業，接著進入當地私塾閑谷黌就讀一年半。在塾中嗜讀博文館出版的《帝國文庫》以及近松門左衛門作品、《水滸傳》。此外，訂閱《文學界》雜誌，雖然不懂內容，但卻深受感動。

1894（明治27）年・15歲

在美籍傳教師創辦的薇陽學院學習英語以及聖經。

1896（明治29）年・17歲

2月下旬，為了學習基督教以及英語，加上欣賞戲劇，前往東京。進入東京專門學校（現在的早稻田大學）英語科。每週日會到市之谷聆聽植村正久講述聖經教義。

1897（明治30）年・18歲

透過植村正久接受洗禮，成為市之谷的日本基督教會一員。此時的校外活動中，特別喜歡聆聽內村鑑三演講，同時熱中於觀賞戲劇。

1898（明治31）年・19歲

畢業於東京專門學校英語學部，進入史學科就讀。

1899（明治32）年・20歲

由於東京專門學校史學科被廢除，轉往文學科就讀。

1901（明治34）年・22歲

在島村抱月的指導下，與近松秋江以及數名同窗，在《讀賣新聞》每週一的文學專欄發表文學、音樂、雕塑的相關評論。7月，自文學科畢業。此年放棄基督教信仰。

1903（明治36）年・24歲

6月，透過石橋思案介紹，進入《讀賣新聞》報社任職，

發表諸多評論。

1904（明治37）年・25歲

開始為《讀賣新聞》寫戲劇評論，並以「劍菱」、「X
YZ」等筆名發表評論、翻譯。11月，在後藤宙外的建議下，
於《新小說》雜誌上發表小說處女作〈寂寞〉。

1906（明治39）年・27歲

3月左右，受田山花袋之邀，參加龍土會。

1907（明治40）年・28歲

2月，於《趣味》發表小說〈塵埃〉，大受好評，成為受
到期待的新人作家。第一本小說集《紅塵》於9月出版。

1908（明治41）年・29歲

10月，小說集《何處去》由易風社出版，本書收錄了這兩
年的重要短篇作品，是自然主義重要的代表作。

1909（明治42）年・30歲

2月，《早稻田文學》對〈何處去〉的作者獻上「推讚之
辭」，認為這篇小說是去年日本文壇最重要的文學作品。《中
央公論》雜誌刊登正宗白鳥特輯。5月出版《白鳥集》，7月出
版《二家族》。

1910（明治43）年・31歲

　　5月，辭去《讀賣新聞》編輯職務。在職七年時光，深受
胃病與失眠之苦。10月，於《中央公論》發表小說〈微光〉，
獲得好評。

1911（明治44）年・32歲

　　與甲府柳町油商清水德兵衛之女つね（亦寫成つ禰）成
婚。

1912（明治45、大正元）年・33歲

　　4月，於《中央公論》發表首部劇本〈白壁〉。

1915（大正4）年・36歲

　　4月，於《太陽》發表自傳式小說〈海灣之畔〉，隔年6月
由春陽堂出版同名小說單行本。

1920（大正9）年・41歲

　　11月23日，於田山花袋和德田秋聲五十壽誕紀念祝賀會
上演講。

1923（大正12）年・44歲

　　9月，關東大地震發生，住居半部坍塌，幸好性命無虞。

1924（大正13）年・45歲

　　2月，劇本〈影法師〉於《中央公論》發表。此後的數年轉向大量創作劇本。光這一年還有〈人生之幸福〉、〈某個內心陰影〉、〈梅雨時期〉等劇本問世。10月，新劇協會在帝國飯店劇場上演《人生之幸福》，獲得好評。

1928（昭和3）年・49歲

　　11月23日，和夫人啟程往海外旅行。12月5日，到達洛杉磯。

1929（昭和4）年・50歲

　　此趟旅行踏上美國、法國、義大利、英國、德國等國，遊記則發表於《讀賣新聞》、《大阪朝日新聞》、《中央公論》等報章雜誌。10月返抵國門。

1932（昭和7）年・53歲

　　本年開始撰寫諸多作家評論，3月是〈島崎藤村論〉，4月為〈永井荷風論〉，7月為〈田山花袋論〉。7月，《文壇人物評論》由中央公論社出版。

1934（昭和9）年・55歲

　　4月，父親正宗浦二逝去，成為正宗家戶長。

1936（昭和11）年・57歲

4月，於《讀賣新聞》發表〈有關托爾斯泰〉，以托爾斯泰晚年離家出走的問題，與小林秀雄進行論戰。7月，再次赴西洋旅行，途經俄羅斯、芬蘭、瑞典、德國、奧地利，再經由德國到美國。

1937（昭和12）年・58歲

在紐約迎接新年，2月回到日本。6月，被推薦為帝國藝術院會員，但選擇辭退。1940年再次獲得推薦，才勉為答應。

1938（昭和13）年・59歲

2月，於《中央公論》連載〈文壇自敘傳〉，12月出版單行本。

1943（昭和18）年・64歲

10月，擔任日本筆會會長。11月，在德田秋聲的葬禮上以友人代表身分朗讀悼辭。

1944（昭和19）年・65歲

4月，負責近松秋江的葬儀。

1947（昭和22）年・68歲

2月，擔任日本筆會名譽會長。

1948（昭和23）年‧69歲

3月，於《風雪》雜誌連載〈自然主義興衰史〉，共十章，到12月為止。同年，《自然主義興衰史》由六興出版部出版。

1950（昭和25）年‧71歲

11月，獲日本政府頒發文化勳章。

1951（昭和26）年‧72歲

12月，被選為第一回文化功勞者。

1954（昭和29）年‧75歲

1月，於《讀賣新聞》連載〈文壇五十年〉。11月，單行本《文壇五十年》由河出書房出版。

1959（昭和34）年‧80歲

1月，於《中央公論》發表〈今年之秋〉，少數描寫自身與家人關係的作品。5月，小說集《今年之秋》由中央公論社出版，隔年此書獲選讀賣文學獎。

1962（昭和37）年‧83歲

8月，在輕井澤因為食欲不振和上腹部有異物感而入院。10月28日在同醫院病逝。死因為全身衰弱以及胰臟癌。30

日，葬禮於日本基督教會柏木教會舉行，由植村環牧師主持。

1965（昭和40）年・死後3年

5月，《正宗白鳥全集》十三卷，由新潮社出版。

1980（昭和55）年・死後18年

5月，紀念正宗白鳥百歲冥誕，於岡山市舉辦文化講座。由小林秀雄、安岡章太郎、大江健三郎三位作家演講。

1983（昭和58）年・死後21年

4月，更為詳盡的《正宗白鳥全集》，共三十卷，由福武書店出版。

三、重要研究及資料

　　說明：由於有關正宗白鳥的研究數量繁多，本份資料並非涵蓋所有研究論文，而是以白鳥的評論活動為主，兼及作家論，並以自然主義相關的角度整理而成的目錄。整理過程以譯者整理之研究文獻目錄為主，同時參考筑摩書房《日本近代文學大系第22卷 岩野泡鳴・近松秋江・正宗白鳥集》（角川書店，1974年1月）中收錄的正宗白鳥參考文獻，以補不足之處。

I　專書

大岩鉱，《正宗白鳥》（河出書房，1964年12月）。

後藤亮，《正宗白鳥・文学と生涯》（思潮社，1966年7月）。

福田清人・佐々木徹，《正宗白鳥（Century Books 人と作品24）》（清水書院，1967年3月）。

兵藤正之助，《正宗白鳥論》（勁草書房，1968年12月）。

山本健吉，《正宗白鳥―その底にあるもの》（文藝春秋，1975）。

高橋康雄，《「お伽噺・日本脱出」に至るまで》（沖積舎，1981年9月）。

小林秀雄，《白鳥・宣長・言葉》（文藝春秋，1983年9月）。

武田友寿，《「冬」の黙示録―正宗白鳥の肖像》（日本YMCA同盟出版部，1984年9月）。

岩崎文人，《一つの水脈―独歩・白鳥・鱒二》（渓水社，
　　　1990年9月）。

上田博，《昭和史の正宗白鳥―自由主義の水脈》（武蔵野
　　　書房，1992年12月）。

勝呂奏，《正宗白鳥―明治世紀末の青春》（右文書院，
　　　1996年10月）。

磯佳和，《伝記考証―若き日の正宗白鳥》（三弥井書店，
　　　1998年9月）。

大嶋仁，《正宗白鳥―何云つてやがるんだ》（ミネルヴァ
　　　書房，2004年10月）。

秋山駿，《私小説という人生》（新潮社，2006年12月）。

鍵本優，《「近代的自我」の社会学―大杉栄・辻潤・正宗
　　　白鳥と大正期》（インパクト出版会，2017年10月）。

吉田竜也，《正宗白鳥論》（翰林書房，2018年2月）。

Ⅱ　雜誌特輯

〈正宗白鳥論特集〉《中央公論》（1909年2月）。
〈正宗白鳥論特集〉《文章世界》（1917年1月）。
〈正宗白鳥氏の印象〉《新潮》（1918年6月）。
〈最近の正宗白鳥氏〉《新潮》（1924年12月）。
〈正宗白鳥論〉《文学会議》，第八集（1949年12月）。
〈正宗白鳥追悼〉《心》（1962年12月）。

〈無題特集〉《中央公論》（1962年12月）。
〈正宗白鳥特集〉《文芸》（1963年1月）。
〈正宗白鳥研究〉《群像》（1963年1月）。

Ⅲ　評論・論文

片岡良一，〈白鳥氏の輪廓〉《古典研究》（1939年11月）。
中島健蔵，〈正宗白鳥氏の横顔〉《書評》（1947年1月）。
河上徹太郎，〈正宗白鳥〉《人間》（1947年4月）。
平野謙，〈ふたつの論争〉《近代作家》（進路社，1948年3月）。
杉浦民平，〈正宗白鳥〉《文芸往来》（1949年1月）。
中村光夫，〈思想無思想〉《図書新聞》（1953年10月24日）。
吉田精一，〈正宗白鳥〉《自然主義の研究（上下巻）》（東京堂，1955年11月、1958年1月）。
坂本浩，〈正宗白鳥〉《国文学》（1958年2月）。
猪野謙二，〈自然主義の文学―白鳥と泡鳴を中心に〉講座《日本文学史11　近代》（岩波書店，1958年6月）。
和田謹吾，〈正宗白鳥〉《国文学》（1961年1月）。
山本健吉，〈正宗白鳥の業績〉《文学界》（1961年2月）。
本多秋五，〈正宗白鳥〉《電信電話》（1962年12月）。
山本健吉，〈正宗白鳥〉《十二の肖像》（講談社，1963年1月）。
佐々木雅発，〈正宗白鳥とキリスト教―入信について―〉

《国文学研究》（1966年10月）。

佐々木雅発，〈正宗白鳥とキリスト教―棄教について―〉
　　《国文学研究》（1968年9月）。

山本健吉，〈正宗白鳥の信仰と文学〉《文学界》（1969年9
　　月、11月、12月；1970年2月）。

榎本隆司，〈自然主義作家―正宗白鳥〉《大正の文学》（有
　　斐閣，1972年9月）。

坂本浩〈正宗白鳥の深層心理―その原点と特質―〉《成城
　　国文学論集》（1973年6月）。

小林秀雄，〈正宗白鳥の作品について〉《文学界》1981.1
　　《小林秀雄全作品》（新潮社，2005）。

一柳広孝，〈《紅塵》の受容〉《名古屋近代文学研究》
　　（1990年12月）。

柳井まどか，〈正宗白鳥の批評精神についての考察―初期
　　批評を中心として〉《国文》（1991年1月）。

大崎富雄，〈正宗白鳥の思考基盤―内村鑑三の受容をめぐ
　　って〉《皇学館論叢》（1991年8月）。

川村湊，〈青果と白鳥〉《新潮》（1994年11月）。

勝呂奏，〈正宗白鳥〈何処へ〉論〉《上智大学国文学論集》
　　（1995年1月）。

大崎富雄，〈正宗白鳥の思考論理―「思想と実生活」論争
　　の内部構造〉《皇学館論叢》（1995年2月）。

柳井まどか，〈《入江のほとり》の光景〉《淵叢》（1995年3月）。

山本芳明，〈「心境小説」の発生―正宗白鳥復権の背景を
　　読む〉《学習院大学文学部研究年報》（1999年3月）。

佐々木雅発，〈〈何処へ〉―白鳥の彷徨〉《早稲田大学大学
　　院文学研究科紀要》（2001年2月）。

高淑玲，〈啄木と白鳥―自然主義小説をめぐって〉《国語
　　国文論集（安田女子大学）》（2002年1月）。

赤羽学，〈正宗白鳥の批評眼〉《国語国文論集（安田女子
　　大学）》（2003年1月）

中林良雄，〈早稲田の教師たち―白鳥正宗忠夫伝の試み〉
　　《中央英米文学》（2003年12月、2004年12月、2005年
　　12月）。

長江曜子，〈正宗白鳥の家族意識と死生観―《今年の春》《今
　　年の初夏》《今年の秋》《りー兄さん》四部作を中心に〉
　　《聖徳大学研究紀要（短期大学部）》（2005年12月）。

山本芳明，〈正宗白鳥と〈私小説〉言説の生成―〈出来事〉
　　としての〈人生の幸福〉〉《学習院大学文学部研究年
　　報》（2006年3月）。

木村洋，〈自然主義と道徳―正宗白鳥の初期作品をめぐっ
　　て〉《国文論叢》（2011年3月）。

岩佐壮四郎，〈特集：私小説のポストモダン　正宗白鳥―
　　「懐疑」と「憧憬」の劇〉《解釈と鑑賞》（2011年6月）。

現代名著譯叢
日本自然主義文學興衰史

2019 年7月初版　　　　　　　　　　　　　　定價：新臺幣450元
有著作權・翻印必究
Printed in Taiwan.

著　　　者	正 宗 白 鳥
譯 注 者	王　憶　雲
叢 書 編 輯	黃　淑　真
校　　對	馬　文　穎
內 文 排 版	極翔排版公司
封 面 設 計	兒　　　日
編 輯 主 任	陳　逸　華

出　版　者	聯經出版事業股份有限公司	總 編 輯	胡　金　倫
地　　　址	新北市汐止區大同路一段369號1樓	總 經 理	陳　芝　宇
編 輯 部 地 址	新北市汐止區大同路一段369號1樓	社　　長	羅　國　俊
叢 書 編 輯 電 話	(0 2) 8 6 9 2 5 5 8 8 轉 5 3 2 2	發 行 人	林　載　爵
台北聯經書房	台 北 市 新 生 南 路 三 段 9 4 號		
電　　　話	(0 2) 2 3 6 2 0 3 0 8		
台 中 分 公 司	台 中 市 北 區 崇 德 路 一 段 1 9 8 號		
暨 門 市 電 話	(0 4) 2 2 3 1 2 0 2 3		
台 中 電 子 信 箱	e - m a i l：l i n k i n g 2 @ m s 4 2 . h i n e t . n e t		
郵 政 劃 撥 帳 戶 第 0 1 0 0 5 5 9 - 3 號			
郵 撥 電 話	(0 2) 2 3 6 2 0 3 0 8		
印　刷　者	世 和 印 製 企 業 有 限 公 司		
總　經　銷	聯 合 發 行 股 份 有 限 公 司		
發　行　所	新北市新店區寶橋路235巷6弄6號2樓		
電　　　話	(0 2) 2 9 1 7 8 0 2 2		

行政院新聞局出版事業登記證局版臺業字第0130號

本書如有缺頁，破損，倒裝請寄回台北聯經書房更換。　　ISBN　978-957-08-5337-7 (平裝)
聯經網址：www.linkingbooks.com.tw
電子信箱：linking@udngroup.com

國家圖書館出版品預行編目資料

日本自然主義文學興衰史/正宗白鳥著．王憶雲譯注．
初版．新北市．聯經．2019年7月（民108年）．288面．14.8×21
公分（現代名著譯叢）
ISBN　978-957-08-5337-7（平裝）

1.日本文學　2.文學史　3.文學與自然

861.9　　　　　　　　　　　　　　　　　　108008847